双葉文庫

新・知らぬが半兵衛手控帖

片えくぼ

藤井邦夫

JN210407

目次

片えくぼ

新・知らぬが半兵衛手控帖

江戸町奉行所には、与力二十五騎、同心百二十人がおり、南北合わせて三百人ほどの人数がいた。その中で捕物、刑事事件を扱う同心は所謂《いわゆる》〝三廻り同心〟と云い、各奉行所に定町廻り同心六名、臨時廻り同心六名、隠密廻り同心二名とされていた。

臨時廻り同心は、定町廻り同心の予備隊的存在だが職務は全く同じである。そして、定町廻り同心を長年勤めた者がなり、指導、相談に応じる先輩格でもあった。

第一話　思い込み

一

眼が覚めた……。

雨戸の節穴や隙間から差し込む朝陽は、障子越しに寝間《ねま》を薄明るくしていた。

半兵衛《はんべえ》は苦笑した。

近頃、廻《まわ》り髪結《かみゆい》の房吉《ふさきち》に起こされる事はめっきり少なくなった。

寅《とら》の刻《こく》七つ半（午前五時）が過ぎた頃、黙っていても眼が覚める。

歳の所為《せい》か……。

半兵衛は、蒲団《ふとん》から出て雨戸を開けた。

朝陽は一瞬で家の中に満《み》ち溢《あふ》れた。

半兵衛は、庭に向かって大きく背伸びをした。

手脚の節々《ふしぶし》が伸びる心地好い痛みが微《かす》かにあったが、他に痛みはない。

半兵衛は見定め、寝間に戻って蒲団を片付けた。そして、井戸端《いどばた》で歯を磨き、顔を洗った。

「こりゃあ、旦那。おはようございます」

廻り髪結の房吉が、庭先に廻《まわ》って来た。

「おお。おはよう」

「近頃、お早いですね」

「うん。歳の所為か、早く眼が覚めてね。雨戸は開いているよ」

半兵衛は、苦笑しながら房吉に告げて顔を洗った。

水飛沫《みずしぶき》は朝陽に煌《きら》めいた。

房吉は、日髪日剃《ひがみひぞり》を手際良く進め、半兵衛の髷《まげ》を結い始めた。

半兵衛は眼を瞑《つぶ》り、頭を房吉に預けていた。

「処《ところ》で旦那、胃の腑《ふ》に質《たち》の悪い腫れ物が出来る死病ってのを御存知ですか……」

房吉は、半兵衛の髷を結いながら訊いた。

「胃の腑に質の悪い腫れ物か……」

半兵衛は眉をひそめた。

「はい……」

「胃の腑の痛み、かなり激しいそうだね」

半兵衛は知っていた。

「そうなんですか……」

「うん。胃の腑の病、知り合いでも患《わずら》ったのかい……」

「ええ。天眼堂《てんがんどう》の竹庵《ちくあん》さんって易者《えきしゃ》が……」

「天眼堂の竹庵……」

「ええ。いつも、日本橋《にほんばし》の高札場《こうさつば》の傍《そば》に店を出している易者でしてね。到頭《とうとう》、死病に取り憑《つ》かれたと……」

「そうか、気の毒にな……」

半兵衛は、易者の『天眼堂』竹庵に同情した。

「さあ、出来ました」

房吉の日髪日剃は終わった。

「やあ、御苦労さんだったね」

半兵衛は、瞑っていた眼を開けた。

月番《つきばん》の北町奉行所《きたまちぶぎょうしょ》には、朝から公事訴訟《くじそしょう》に拘《かか》わる人々が大勢出入りしていた。

半兵衛は、岡っ引の本湊《ほんみなと》の半次《はんじ》と下っ引の音次郎《おとじろう》を伴って北町奉行所に出仕《しゅっし》した。

「半兵衛さん、大久保《おおくぼ》さまがお待ち兼ねです」

当番同心は、気の毒そうに告げた。

「大久保さまが……」

「はい。早く行った方が良いですよ」

当番同心は、半兵衛に同情した。

「そうか……」

半兵衛は苦笑し、半次と音次郎を同心詰所《つめしょ》に残し、吟味方与力《ぎんみかたよりき》の大久保忠左《ちゅうざ》衛門《えもん》の用部屋《ようべや》を訪れた。

「お呼びだそうで……」

半兵衛は、忠左衛門に尋ねた。

「遅いぞ」

忠左衛門は、筋張《すじば》った細い首を伸ばして苛立《いらだ》ちを滲《にじ》ませた。

「畏《おそ》れ入ります。で……」

半兵衛は、忠左衛門の叱責《しっせき》を素早く躱《かわ》して話を促した。

「う、うん。昨夜《ゆうべ》遅く、小網町《こあみちょう》三丁目の居酒屋で旅の侍が金もないのに大酒を飲んで捕らえられ、南茅場町《みなみかやばちょう》の大番屋《おおばんや》に突き出された」

忠左衛門は告げた。

「無銭飲食ですか……」

「左様《さよう》。此《これ》から行って詮議《せんぎ》をして来てくれ」

忠左衛門は命じた。

「心得ました。では、御免……」

半兵衛は、直《す》ぐに引き受けてさっさと忠左衛門の用部屋を出た。

忠左衛門は、指図《さしず》にあっさり従った半兵衛に手応《てごた》えのなさを覚えて戸惑った。

「は、半兵衛……」

半兵衛は、既に立ち去っていた。

外濠《そとぼり》には水鳥が遊び、水飛沫《みずしぶき》が煌《きら》めき、波紋が広がっていた。

半兵衛は、半次と音次郎を連れて北町奉行所を出て、外濠に架かっている呉服《ごふく》橋《ばし》を渡った。

いつもなら外濠沿いを日本橋川に架かっている一石橋《いちこくばし》に行くのだが、今日は日本橋の高札場に向かった。

南茅場町の大番屋は、日本橋の高札場から楓川《もみじがわ》を渡って南茅場町に入り、日本橋川沿いにある。


日本橋の高札場は、日本橋川に架かっている日本橋の南詰《みなみづめ》にあり、何人かの人々が足を止めて高札を見上げていた。

高札場の傍に店を出している易者……。

半兵衛は、高札場の傍に出ている店を見た。

七味唐辛子《しちみとうがらし》売り、飴細工《あめざいく》売り、火打鎌《ひうちがま》売りなどが露店を出していた。

房吉の云っていた易者は、露店の端に店を出していた。

『天眼堂』と書いた敷物を折り畳みの台に掛け、痩《や》せて顔色の良くない初老の男が床几《しょうぎ》に腰掛けていた。

胃の腑に質の悪い腫れ物が出来て苦しんでいる天眼堂の竹庵……。

半兵衛は、客がいなく、手持ち無沙汰な面持ちでいる竹庵を横目に見ながら高札場を抜け、多くの人々の行き交う日本橋の通りを横切った。

大番屋は、罪を犯してお縄になった者を詮議する処である。

無銭飲食の旅の浪人は、大番屋の仮牢《かりろう》に入れられていた。

半兵衛は、大番屋の小者《こもの》に旅の浪人を詮議場に引き立てるように命じた。

大番屋の詮議場は、隅に刺股《さすまた》、袖搦《そでがらみ》、突棒《つくぼう》の三つ道具と笞《むち》や石抱《いしだ》き責めに使う十露盤《そろばん》や抱き石が置かれ、微かに血の臭いが漂っていた。

半兵衛は、詮議場の座敷に腰掛け、半次と共に旅の浪人が来るのを待った。

旅の若い浪人が、大番屋の音次郎と小者に引き立てられて来た。

半次は、音次郎と小者に目配せをした。

音次郎と小者は、旅の若い浪人を土間の筵《むしろ》の上に引き据えた。

無精髭《ぶしょうひげ》の若い浪人は、二日酔いなのか筵に両手をついて酒臭い息を吐いた。

その月代《さかやき》は伸びて髷を崩し、着物と袴《はかま》は汚れ、綻《ほころ》びていた。

長い旅をしているのか……。

「やあ。お前さん、名前は何て云うんだ……」

半兵衛は笑い掛けた。

「山岸竜之進《やまぎしたつのしん》……」

若い浪人は、半兵衛を見上げて己《おのれ》の名を告げた。

「山岸竜之進さんか……」

「ああ、元伊勢国亀山藩《いせのくにかめやまはん》家中《かちゅう》の者だ……」

「元亀山藩の山岸さんか……」

「ああ……」

竜之進は頷《うなず》いた。

旅の若い浪人は、元亀山藩家臣の山岸竜之進……。

「で、お前さん、どうして大番屋に入れられたのか、覚えているかな」

「金がないのに酒を飲んで……」

竜之進は、微《かす》かな笑みを浮かべた。

「ほう、覚えているのか……」

半兵衛は、微かな笑みを浮かべた竜之進に違和感を覚えた。

「ああ……」

頷く竜之進に狡猾《こうかつ》さが過《よ》ぎった。

「そうか。で、泊まる処もないので大番屋の牢で夜露《よつゆ》を凌《しの》いだか……」

半兵衛は、微かな笑みの裏に潜《ひそ》んでいる狡猾さに気付いた。

「何……」

竜之進は眉をひそめた。

「どうやらお前さん、飲み逃げで捕まり、大番屋に入れられる企《くわだ》てだったね」

半兵衛は読んだ。

「ああ。それがどうした……」

竜之進は狡猾さを見抜かれ、開き直って笑った。

荒《すさ》んでいる……。

山岸竜之進は、薄汚さと狡猾さに満ちていた。

半兵衛は知った。

半次と音次郎は眉をひそめた。

「で、長い旅をしているようだが、何処《どこ》に行くのだ」

「さあな……」

竜之進は嘲《あざけ》りを浮かべた。

「さあな、とは……」

半兵衛は戸惑った。

「同心の旦那、俺は親の敵《かたき》を追って旅をしているんだ」

「敵討ちの旅……」

半兵衛は眉をひそめた。

半次と音次郎は戸惑った。

「ああ。十八歳の時から十余年、親父を斬って亀山から逐電《ちくでん》した敵を追い、諸国を巡り歩いている。江戸に来たのは此《これ》で三度目だ」

竜之進は、腹立たしげに吐き棄《す》てた。

「十年以上、父親の敵を捜して諸国を旅しているのか……」

半兵衛は感心した。

「ああ……」

竜之進は、己を嘲るような笑みを浮かべた。

「して、仇討《あだうち》免許状、町奉行所に届けてあるのかな」

半兵衛は尋ねた。

仇討ちが公認されているものなら、免許状を町奉行所などに届けていれば敵討ちをしても取調べなしで無罪になるのだ。

「仇討免許状か……」

「うむ……」

「そんな物、とっくになくなった」

竜之進は苦笑した。

「そうか……」

仇討免許状も只《ただ》の書状だ。十年も懐《ふところ》に入れて持ち歩けば、皺《しわ》だらけになって墨も薄くなり、擦《す》り切れ破損する。

「で、同心の旦那、何日、此処《ここ》の牢に入っていれば良い。三日か四日か……」

竜之進は、薄笑いを浮かべた。

大番屋にいれば、物相飯《もっそうめし》は食えるし、雨風を凌げる寝場所の心配はない。

半兵衛は、竜之進の腹の内を読んだ。

「いいや。おぬしも親の敵を捜す忙しい身だ。無銭飲食の咎《とが》で三日も四日も牢に入っていられぬだろう。居酒屋に詫状《わびじょう》を書くんだな」

大番屋は旅籠《はたご》ではない……。

半兵衛は突き放した。

「詫状だと……」

竜之進は戸惑った。

「ああ。居酒屋の主、おぬしの弁償を期待しちゃあいないだろうからね。ま、身の上を綴《つづ》った詫状でも書いて勘弁して貰うんだな」

「詫状など書けるか……」

竜之進は、嘲りを浮かべて吐き棄てた。

「じゃあ、此から牢屋敷に行き、百敲《ひゃくたた》きの刑を味わって貰《もら》う事になる」

「牢屋敷で百敲きだと……」

竜之進は狼狽《うろた》えた。

「ああ、それでも良いんだね」

半兵衛は笑い掛けた。


山岸竜之進は、腹立たしげに詫状を書いて大番屋を出た。

「何処に行って何をするか見届けてくれ」

半兵衛は、半次と音次郎に命じた。

「承知……」

半次と音次郎は、大番屋を出た山岸竜之進を追った。

半兵衛は見送り、竜之進の書いた居酒屋の主宛《あるじあて》の詫状を持って大番屋を後にした。そして、裏に流れている日本橋川の鎧《よろい》ノ渡《わたし》の渡し船に乗り、小網町に向かった。

小網町三丁目の居酒屋の主は、半兵衛が竜之進の詫状を持って来たのに戸惑った。

「こりゃあ旦那、御丁寧に……」

「いや。十年以上も父親の敵を追って旅をしているそうだ。ま、その辺を汲《く》んで勘弁してやってくれ」

半兵衛は頼んだ。

「旦那、勘弁するも何も、姿格好から金は持っていねえと思いましたし、小狡《こずる》い眼付きをしていましてね。此奴《こいつ》は危ねえと思って、他の客の飲み残しの酒を出していたんですぜ」

居酒屋の主は、侮《あなど》りと蔑《さげす》みを浮かべた。

「ほう。危ないと思って飲み残しの酒を飲ませていたのか……」

「へい。そうしたら案の定、飲み逃げをしやがって。で、店の若い衆《しゅ》と捕まえて、大番屋に突き出してやったんですぜ」

居酒屋の主は嘲笑《ちようしよう》した。

狸《たぬき》と狐《きつね》、良い勝負だ……。

半兵衛は、山岸竜之進と居酒屋の主に狡猾さと逞《たくま》しさを感じた。


神田川《かんだがわ》の流れは煌めいていた。

古い編笠《あみがさ》を被《かぶ》った山岸竜之進は、神田川に架かっている昌平橋《しようへいばし》を渡り、明神《みようじん》下《した》の通りを不忍池《しのばずのいけ》に向かった。

半次と音次郎は尾行《つけ》た。

竜之進には、尾行など警戒する気配は微塵《みじん》も窺《うかが》えなかった。

半次は、微かな戸惑いを感じた。

竜之進は、擦れ違う若い女を振り返りながら進んでいた。

「親分。野郎の父上を殺《あや》めて国許《くにもと》を逐電したって奴は、若い女なんですかね」

音次郎は、皮肉っぽく笑った。

「そんな事はねえだろう」

半次は苦笑した。

「それにしちゃあ、擦れ違う若い女ばかり振り返りやがって……」

音次郎は、竜之進が父親の敵を捜さず、若い女を振り返るのを嘲笑した。

「ああ……」

半次は頷いた。

明神下の通りは、町家《ちようか》から武家屋敷街になって不忍池に出る。

竜之進は武家屋敷の通りの端を進み、或《あ》る大名屋敷の前に立ち止まった。そして、目深《まぶか》に被っていた古い編笠をあげ、大名屋敷を眺めた。

「何処の大名屋敷ですかね……」

「うん……」

半次と音次郎は、竜之進を見守った。

大名屋敷から二人の武士が出て来た。

竜之進は、慌てて物陰に入り、古い編笠を目深に被り直した。

二人の武士は、竜之進を気にも止めずに通り過ぎて行った。

竜之進は見送り、大きく肩を落として大名屋敷の門前を離れた。

半次と音次郎は追った。

日本橋の南詰、高札場には大勢の人が行き交っていた。

半兵衛は、高札場の傍の露店を眺めた。

七味唐辛子売り、飴細工売り、火打鎌売りが並び、易者の『天眼堂』竹庵の姿はなかった。

「やあ。隣《となり》の易者の竹庵さんはどうした」

半兵衛は、火打鎌売りの老爺《ろうや》に尋ねた。

「ああ。竹庵さんなら、気の毒に腹が痛くなって、さっき青い顔して家に帰りましたよ」

火打鎌売りの老爺は、竹庵に同情した。

「腹が痛くなって家に……」

半兵衛は、竹庵が胃の腑の痛みに襲われて家に帰ったのを知った。

「ええ……」

「竹庵さんの家、何処か知っているかな」

半兵衛は、家に帰った竹庵が気になった。

「旦那、竹庵さん、何かしたんですか……」

火打鎌売りの老爺は、心配そうに白髪眉《しらがまゆ》をひそめた。

「いや。別に何もしちゃあいないが、胃の腑の質の悪い病に苦しんでいると聞いて、どんな様子か気になってね。で、家は……」

「伊勢町《いせちょう》は雲母橋《きらずばし》の辺りだと聞いていますが、詳しくは……」

火打鎌売りの老爺は、申し訳なさそうに白髪頭を横に振った。

「そうか。詳しくは知らないか……」

半兵衛は、微かな戸惑いを覚えた。

「ええ……」

火打鎌売りの老爺は頷いた。

「よし。造作《ぞうさ》を掛けたね。助かったよ」

半兵衛は、火打鎌売りの老爺に礼を述べてその場を離れた。

竹庵は、胃の腑の痛みに襲われ、無事に家に帰ったのか……。

半兵衛は気になった。

伊勢町は雲母橋の辺り……。

半兵衛は、火打鎌売りの老爺の云った言葉を手掛かりに捜してみる事にした。

不忍池には風が吹き抜けていた。

山岸竜之進は、不忍池の畔《ほとり》に座り、風の吹き抜ける水面《みなも》を眺めていた。

半次は、離れた木陰から見守っていた。

竜之進は疲れている様子であり、淋しさを漂わせていた。

十八歳の時から十余年……。

竜之進は、己の意志とは拘《かか》わりなく、殺された父親の敵討ちの旅に出るしかなかった。

十余年もの敵を捜しての旅は、竜之進に何をもたらしたのか……。

半次は、座り込んでいる竜之進を見詰めた。

「親分……」

音次郎が駆け寄って来た。

「分かったか……」

「はい。伊勢国は亀山藩の江戸上屋敷でした」

音次郎は報《しら》せた。

「伊勢の亀山……」

半次は眉をひそめた。

「ええ……」

音次郎は頷いた。

伊勢国亀山藩は、山岸竜之進が先祖代々奉公していた主家《しゆか》なのだ。

竜之進は、路銀《ろぎん》を使い果たし、無銭飲食を働いてお縄になり、大番屋の物相飯で食い繋《つな》ごうとした。そこ迄《まで》、身を落としても竜之進は、亀山藩の江戸上屋敷を訪れなかった。

それは、未《いま》だ敵を討てないのを恥じての事か、それとも意地なのか……。

半次は読んだ。

竜之進は、不意に立ち上がった。

半次と音次郎は戸惑った。

竜之進は刀を抜き、奇声をあげて傍らの木々に斬り付けた。

刀を煌めかせ、血迷ったように奇声を張りあげて……。

半次と音次郎は見守った。

竜之進は、奇声をあげて木々に斬り付け続けた。

葉が飛び散り、枝が斬り落とされた。

「音、呼子笛《よびこぶえ》を吹け」

半次は、眉をひそめて音次郎に命じた。

「はい……」

音次郎は、木陰に身を潜めたまま呼子笛を吹き鳴らした。

呼子笛の音は、不忍池に甲高《かんだか》く響き渡った。

竜之進は、我に返って辺りを見廻し、慌てて刀を鞘《さや》に納めてその場を離れた。

半次と音次郎は追った。


伊勢町の雲母橋は、室町《むろまち》三丁目の浮世《うきよ》小路《しょうじ》を入った処にある西堀留川《にしほりどめがわ》に架かっている。

半兵衛は、伊勢町の自身番《じしんばん》を訪れた。

「易者の天眼堂竹庵さんですか……」

自身番の店番《たなばん》は、町内に住んでいる者の名簿を捲《めく》った。

「うん。住まいは、伊勢町の雲母橋辺りだと聞いて来たんだがね」

「はい。雲母橋の辺りですね。ちょいとお待ち下さい」

店番は、名簿を捲り続けた。

半兵衛は、番人の淹《い》れてくれた茶を飲んだ。

僅《わず》かな刻《とき》が過ぎた。

「白縫《しらぬい》さま、町内の名簿を見た限り、伊勢町には天眼堂の竹庵って易者は住んじゃあいませんね」

店番は、申し訳なさそうに告げた。

「住んじゃあいない……」

易者の『天眼堂』竹庵は、伊勢町雲母橋辺りには住んでいなかった。

嘘なのか……。

火打鎌売りの老爺は、嘘を吐《つ》く必要はない。

だとしたら、『天眼堂』竹庵が火打鎌売りの老爺に嘘を吐いたのだ。

何故だ……。

半兵衛は眉をひそめた。

二

下谷広小路《したやひろこうじ》は、東叡山寛永寺《とうえいざんかんえいじ》や不忍池の弁財天《べんざいてん》の参拝客などで賑わっていた。

山岸竜之進は、賑わう下谷広小路を抜けて御徒町《おかちまち》に入り、神田川に進んだ。

「何処に行くんですかね」

音次郎は眉をひそめた。
「さあな……」
半次は、竜之進を追った。
神田川には西陽《にしび》が映《は》えていた。
山岸竜之進は、神田川に架かっている和泉橋《いずみばし》を渡り始めた。
半次と音次郎は尾行た。
竜之進は、和泉橋を渡って柳原通《やなぎわらどお》りに出た。
柳原通りは、両国広小路《りょうごくひろこうじ》と昌平橋のある神田八ツ小路《かんだやこうじ》を結ぶ神田川沿いの道だ。
竜之進は、柳原通りを八ツ小路のある西に進んだ。
その行く手には柳森稲荷《やなぎもりいなり》があった。
柳森稲荷の鳥居の前には露店が並び、奥には屋台や葦簀《よしず》張りの飲み屋があった。
竜之進は、柳森稲荷の鳥居の前を通って露店の奥に進んだ。

奥にある葦簀張りの飲み屋の前では、白髪頭の親父が七輪《しちりん》で湯を沸かしていた。

「親父……」

竜之進は、髭面《ひげづら》の初老の親父に声を掛けた。

白髪頭の親父は、警戒するように竜之進を見た。

「何だ。又、江戸に来たのか……」

白髪頭の親父は、竜之進に蔑《さげす》みと侮《あなど》りの入り混じった眼を向けた。

「ああ……」

竜之進は、媚《こ》び諂《へつら》うように笑った。

「未《ま》だ見付からねえのか、お父っつあんの敵は……」

「ああ。江戸で見掛けたって話を聞いてな」

竜之進は、言い訳をするように告げた。

「もう忘れちまった方が良いんじゃあねえのか、敵討ちなんぞ……」

白髪頭の親父は、沸いた湯を持って葦簀張りの飲み屋に入って行った。

竜之進は続いた。

「親分……」

「ああ。どうやら此処が落ち着き先かな……」

半次は見定めた。

西陽は赤く染まっていく。

囲炉裏《いろり》に掛けられた鳥鍋は、僅《わず》かな湯気を立ち昇らせ始めた。

半兵衛は、半次と音次郎の報せを聞きながら湯呑茶碗《ゆのみぢゃわん》の酒を飲んだ。

「そうか。亀山藩の上屋敷を窺い、不忍池で奇声をあげて刀を振り廻したか……」

半兵衛は、酒の入った湯呑茶碗を口元で止めた。

「はい。まるで血迷って乱心したように……」

半次は眉をひそめた。

「血迷って乱心か……」

半兵衛は眉をひそめた。

竜之進が奇声をあげて刀を振り廻した裏には、敵討ちに対する怒りや苛立ち、哀しみと虚《むな》しさが潜んでいる。

半兵衛は、竜之進を憐《あわ》れんだ。

「で、柳森稲荷の葦簀張りの飲み屋に……」

半次は続けた。

「柳森稲荷の飲み屋……」

「ええ。どうやら飲み屋の親父とは顔見知りのようです」

「そうか。で、今夜はそこか……」

「きっと……」

半次は頷いた。

「旦那、出来ました」

音次郎が、鳥鍋の蓋《ふた》を取った。

湯気が溢れた。

音次郎は、椀《わん》に鶏肉や野菜を装《よそ》って半兵衛に差し出した。

「おう……」

半兵衛は、椀に装われた鳥鍋を食べた。

音次郎は、半兵衛の反応を見守った。

「美味《うま》いよ」

半兵衛は、音次郎に笑い掛けた。

「良かった」

音次郎は、安堵《あんど》を露《あら》わにした。

「良かったな、音次郎。此でお前も半兵衛流鳥鍋の免許皆伝《かいでん》だぜ」

半次は笑った。

「はい。じゃあ、親分も……」

音次郎は、半次にも鳥鍋を装った椀を差し出した。

「うん。確かに美味いな」

半次は鳥鍋を食べ、その出来を誉めた。

「ありがてえ……」

音次郎は喜んだ。

半兵衛、半次、音次郎は、鳥鍋を食べながら酒を飲んだ。

「処で旦那、あれから……」

半次は、半兵衛に酌《しゃく》をした。

「うん。日本橋の高札場の傍に店を出している天眼堂の竹庵って易者がいてね」

「易者の天眼堂の竹庵……」

「ああ。房吉の話じゃあ、胃の腑に質の悪い腫れ物が出来る死病に罹《かか》っているぞうでね」

「胃の腑の死病ですか……」

半次は眉をひそめた。

「うん。それで、ちょいと気になって様子を見に行ったんだが、腹が痛くなって家に帰っていたよ」

「家、何処なんですか……」

「伊勢町の雲母橋辺りだと聞いてね、行ってみたんだが、いなかった」

「いなかったって、易者の天眼堂竹庵がですか……」

「うん。どうやら天眼堂の竹庵、何処に住んでいるか、露天商仲間にも嘘を吐いているようだよ」

「どうして、嘘なんか吐くんですかね」

音次郎は首を捻った。

「そいつは分からないが、おそらく易者の天眼堂竹庵、素性《すじよう》を知られたくないのかもしれないな」

半兵衛は読んだ。

「そうですね……」

半次は頷き、半兵衛に酌をしようとした。

「いや。今夜はもう飯にするよ」

半兵衛は、湯呑茶碗を置いた。

「旦那、身体の具合でも……」

半次は、半兵衛の酒がいつもより少ないのに戸惑い、心配した。

「いや。別に何でもないよ」

半兵衛は苦笑した。

囲炉裏の火は燃え続け、鳥鍋は音を鳴らして煮詰まり始めた。


夜は更《ふ》け、神田川の流れの音が微かに聞こえた。

柳原通りは、柳森稲荷の露店も仕舞いになって人通りは減り、手拭《てぬぐい》を被り茣蓙《ござ》を抱えた夜鷹《よたか》が現れていた。

和泉橋に提灯《ちょうちん》の明かりが揺れた。

お店《たな》の旦那が、提灯を持った手代《てだい》と和泉橋を渡って来た。そして、和泉橋を渡り終えた時、袂《たもと》に山岸竜之進が現れた。

お店の旦那と手代は驚き、狼狽えた。

刹那《せつな》、竜之進は刀を抜いて手代を斬った。

手代は、提灯を投げ出して悲鳴をあげて倒れた。

お店の旦那は逃げた。

竜之進は追い縋《すが》り、お店の旦那を背後から袈裟懸《けさが》けに斬った。

お店の旦那は、血を飛ばして大きく仰《の》け反《ぞ》り倒れた。

投げ出された提灯が燃え上がった。

竜之進は、倒れたお店の旦那に何度も斬り付け、懐から財布を奪って逃げ去った。

提灯は燃え続けた。


「えっ、天眼堂の竹庵さんですか……」

廻り髪結の房吉は、半兵衛の髷を解《と》く手を止めた。

「うん。何処に住んでいるんだい」

半兵衛は、いつものように眼を瞑ったまま尋ねた。

「伊勢町は雲母橋の辺りだと聞いています……」

房吉は、解いた髷に櫛《くし》を入れた。

「どうやら房吉、お前も火打鎌売りの父っつあん同様、嘘を吐かれたようだな」

半兵衛は笑った。

「嘘……」

房吉は、戸惑いながらも半兵衛の解いた髷を結い始めた。

「うむ。伊勢町雲母橋辺りに天眼堂竹庵などと云う易者はいなかったよ」

半兵衛は告げた。

「えっ……」

房吉は、思わず髷を結う手を止めた。

「自身番の店番に聞いたんだがね。伊勢町にはいなかった、竹庵は……」

「そうでしたか……」

房吉は、再び髷を結い始めた。

「うん……」

「分かりました。それにしても旦那、どうしてそんなに竹庵さんを……」

房吉は眉をひそめた。

「胃の腑に質の悪い腫れ物が出来る死病ってのが気になってね……」

半兵衛は、瞑っていた眼を開けた。

「おはようございます、旦那……」

音次郎が、庭先に駆け込んで来た。

「事件か……」

半兵衛は読んだ。

「はい。和泉橋の袂で男が二人、殺されているそうです。親分は先に行きました」

音次郎は息を弾ませた。

「よし。分かった……」

半兵衛は頷いた。

房吉は、結った髷を元結《もっとい》で巻いて鋏《はさみ》で切った。

元結を切る鋏の音が短く鳴った。

神田川には、様々な船が忙しく行き交っていた。

半兵衛は、音次郎と神田川に架かる和泉橋の南詰にやって来た。

和泉橋の南詰には、野次馬が集まって覗き込んでいた。

「すまねえ、ちょいと通してくれ。旦那……」

音次郎は、野次馬を退《ど》かして半兵衛を誘《いざな》った。

「やあ。仕事に遅れるぞ……」

半兵衛は、野次馬に云いながら和泉橋の傍に進んだ。

和泉橋の傍には、自身番の者や木戸番《きどばん》たちがいた。

「親分、半兵衛の旦那がお見えですぜ」

音次郎は、死体を検《あらた》めていた半次に報せた。

「こりゃあ旦那、御苦労さまです」

半次は迎えた。

「やあ。御苦労さん……」

半兵衛は、半次や自身番の者たちに声を掛けて二人の死体に手を合わせた。

「で……」

半兵衛は、半次を促した。

「仏は岩本町《いわもとちょう》の仏具屋の徳兵衛《とくべえ》さんと手代でしてね。徳兵衛さんは何度も斬られて酷《ひど》いものですよ」

半次は、徳兵衛の死体を示した。

半兵衛は、滅多《めった》斬《ぎ》りにされている徳兵衛の死体に眉をひそめた。

「で、徳兵衛さんの財布がなくなっています」

半次は告げた。

「じゃあ、金が狙いの辻強盗《つじごうとう》か……」

半兵衛は睨《にら》んだ。

「きっと……」

半次は頷いた。

「それで、殺されたのは昨夜遅くだな……」

「血の乾き具合からみておそらく……」

半兵衛は、神田川から柳原の土手を眺めた。

「夜中だとしたら、見た者がいるかもしれないな」

半兵衛は、夜に出没する夜鷹と呼ばれる娼婦《しょうふ》が見ているかもしれないと思った。

「はい。夜になったら見た者がいないか聞き込んでみます」

半次は頷いた。

「うん。それから柳森稲荷だ……」

半兵衛は、和泉橋の西にある柳森稲荷を示した。

柳森稲荷の鳥居前では、露店が開店の仕度《したく》をしていた。

半兵衛は、半次と音次郎を連れて露店の奥に進んだ。

露店の奥には、屋台や葦簀張りの飲み屋があった。

半次と音次郎は、葦簀張りの飲み屋を覗いた。

葦簀張りの飲み屋は、屋台を板場《いたば》にして縁台《えんだい》を並べ、周囲を葦簀で囲んだ造りだ。

葦簀張りの飲み屋には、白髪頭の親父と山岸竜之進はいなかった。

「誰もいませんね……」

「うん……」

半兵衛は、隣で開店の仕度をしている古着屋の主に近づいた。

「ちょいと尋ねるが、葦簀張りの飲み屋の主、未だ来ないのかな」

「ええ。甚八《じんぱち》さんなら来るのは昼過ぎですぜ」

古着屋の主は、店先に古着を吊り下げている手を止めた。

「飲み屋の主、甚八って名前か……」

「はい……」

古着屋の主は頷いた。

「昨日、此処に旅の侍が来ていた筈《はず》だが、そいつはどうしたか、知っているかな」

半兵衛は、山岸竜之進の事を訊いた。

山岸竜之進は金に困っており、辻強盗を働いたとしてもおかしくはない。

「ああ。あの薄汚い侍なら、昨日の日暮れ時、あっしが店を閉める時迄はいましたが、それからどうしたかは……」

古着屋の主は首を捻《ひね》った。

「分からないか……」

「はい……」

夜、露店を閉めた店主たちは家に帰り、山岸竜之進がどうしたか知る者はいない。

「じゃあ主、甚八の家が何処か知っているか」

半兵衛は、重ねて訊いた。

「はい。甚八さん、玉池稲荷《たまいけいなり》の前にあるお多福《たふく》って小料理屋の旦那でしてね」

「玉池稲荷前のお多福……」

玉池稲荷は、柳原通りを南に横切って進んだ処にあり、柳森稲荷から遠くはない。

「ええ。甚八さん、昼間、お多福を女将《おかみ》さんに任せ、此処で人足《にんそく》や食詰《くいつ》め者を相手に安酒を売って稼いでいるんですよ」

古着屋の主は告げた。

「じゃあ、甚八の家は玉池稲荷前の小料理屋のお多福なんだな」

半兵衛は念を押した。

「はい……」

古着屋の主は頷いた。

「旦那……」

「半次、甚八は山岸竜之進の居場所を知っているかもな」

半兵衛は笑った。

日本橋には多くの人が行き交い、高札場には高札を読む者や待ち合わせをしている者がいた。

廻り髪結の房吉は、月極客《つきぎめきゃく》の日髪日剃を終えて日本橋の高札場にやって来た。

高札場の脇、日本橋川沿いに七味唐辛子売り、飴細工売り、火打鎌売りが並び、端に易者の『天眼堂』竹庵が店を開いていた。

房吉は、高札場の陰から見守った。

客のいない竹庵は、暇潰《ひまつぶ》しに算木《さんぎ》や筮竹《ぜいちく》を動かし、天眼鏡を弄《もてあそ》んでいた。

やがて竹庵は、天眼鏡で己の手相を念入りに観始《みはじ》めた。

自分で自分の手相を観る……。

房吉は、常々《つねづね》易者が己の運勢を占っているのか知りたかったので興味深く眺めた。

竹庵は天眼鏡を置き、大きな溜息を洩らして肩を落とした。

良い運勢ではなかったようだ……。

胃の腑に死病を抱えている限り、竹庵にとって良い運勢はないのかもしれない。

房吉は、竹庵を見守った。

それにしても、半兵衛の旦那はどうしてそんなに気になるのだ……。

房吉は、半兵衛が竹庵の胃の腑に質の悪い腫れ物が出来る病を気にするのに戸惑いを覚えていた。

どうしてだ……。

房吉の疑念は募《つの》った。

玉池稲荷は赤い幟旗《のぼりばた》を翻《ひるがえ》していた。

半兵衛は、半次や音次郎と小料理屋『お多福』を眺めた。

小料理屋『お多福』は、格子戸《こうしど》を閉めていた。

「山岸竜之進、いますかね……」

半次は、小料理屋『お多福』を窺った。

「ま、訊いてみるしかあるまい。よし、私と音次郎が行く。半次はその後の甚八をな」

半兵衛は指示した。

「承知しました……」

半次は頷いた。

半兵衛は、音次郎を従えて小料理屋『お多福』に向かった。

三

「邪魔するよ」

音次郎は、小料理屋『お多福』の格子戸を開けた。

店内では、大年増《おおどしま》の女将が掃除をしていた。

「やあ。女将さんだね……」

半兵衛は、音次郎を連れて店内に入った。

「は、はい。何か……」

女将は、巻羽織《まきばおり》の半兵衛に戸惑った。

「亭主の甚八はいるかな」

「えっ、ええ。おりますが……」

「ちょいと、呼んで貰おうか……」

「あの、甚八が何か……」

「女将さん、早く甚八さんを呼ぶんだよ」

音次郎は、厳しい面持《おもも》ちで促《うなが》した。

「は、はい……」

女将は、板場の奥に入って行った。

半兵衛は、店内を見廻した。

店内は、小綺麗《こぎれい》で洒落《しゃれ》た造りだった。

「此処の客の残した酒や食い物、柳森稲荷の葦簀張りで安く売ってんでしょうね」

音次郎は読んだ。

「おそらくな……」

半兵衛は苦笑した。

「あの……」

白髪頭の親父が、板場の奥から出て来た。

「あっしが主の甚八ですが……」

白髪頭の親父は、甚八と名乗った。

半兵衛は、音次郎を一瞥《いちべつ》した。

音次郎は、柳森稲荷の葦簀張りの飲み屋の親父に間違いないと頷いた。

「私は北町の白縫って者でね。甚八、旅の浪人の山岸竜之進は何処にいるのかな」

半兵衛は尋ねた。

「えっ、山岸竜之進ですか……」

甚八は、戸惑いを浮かべた。

「ああ。何処にいるのかな……」

「山岸なら柳森稲荷の……」

「いないよ。葦簀張りの飲み屋には……」

「えっ。じゃあ、分かりませんが……」

「分からない……」

音次郎は眉をひそめた。

「ええ。旦那、山岸竜之進、何をしたんですかい……」

甚八は、緊張を滲ませた。

「昨夜遅く、辻強盗が和泉橋の袂に現れてね。仏具屋の旦那と手代を殺して金を奪った」

半兵衛は告げた。

「旦那。その辻強盗、山岸竜之進なんですかい……」

甚八は狼狽えた。

「かもしれないって話でね。捜しているんだが、何処にいるのか、心当たりはないかな」

「ありませんが……」

甚八は言葉を濁した。

「甚八、もし山岸竜之進が辻強盗を働いていたら、葦簀張りの飲み屋に泊めたお前も只じゃあすまない……」

半兵衛は笑い掛けた。

「旦那……」

甚八は、怯《おび》えを過《よ》ぎらせた。

「甚八、山岸竜之進が何処に行ったのか、本当に心当たりはないのだな」

半兵衛は、甚八を厳しく見据えた。

「は、はい。ございません」

甚八は頷いた。

「そうか。じゃあ甚八、山岸竜之進が何処にいるか分かったら、直《す》ぐに報せてくれ。邪魔をしたね」

半兵衛は、音次郎を促して小料理屋『お多福』を出た。

「お前さん……」

年増の女将は眉をひそめた。

「塩を撒《ま》いとけ。畜生、山岸の野郎、馬鹿な真似をしやがって……」

甚八は、半兵衛の相手をしていた時には見せなかった怒りと狡猾さを露わにした。

昼飯時が訪れた。

易者の竹庵は、机と床几を折り畳んで大風呂敷に包み、帰り仕度を始めた。

「竹庵さん、今日も胃の腑が痛むのかい……」

火打鎌売りの老爺は心配した。

「いや。胃の腑の痛みはないんだが、どうにも客が来なくてねえ」

竹庵は苦笑した。

「そうだねえ。ま、早仕舞《はやじま》いをしてゆっくり休むんだね」

「ああ、そうするよ。じゃあ皆さん、お先に失礼します」

竹庵は、露店仲間に挨拶《あいさつ》をして高札場から日本橋に向かった。

房吉は、高札場の陰を出て竹庵を追った。

古紋付羽織姿の竹庵は、日本橋を渡って室町に進んだ。

房吉は尾行た。

そのまま進めば室町三丁目の東に浮世小路がある。伊勢町の雲母橋に行くのなら、その浮世小路に曲がらなければならない。

竹庵が嘘を吐いているなら、浮世小路に曲がらずに通り過ぎる筈だ。

房吉は、先を行く竹庵を見守った。

竹庵は、浮世小路に曲がった。

曲がった……。

房吉は戸惑った。

竹庵は、西堀留川に架かっている雲母橋に向かって浮世小路を足早に進んでいた。

やはり、伊勢町の雲母橋辺りに住んでいるのか……。

房吉は追った。

竹庵は、雲母橋の北詰を足早に通り過ぎた。

違った……。

房吉は、竹庵の足取りを見た。

竹庵は、立ち止まる気配も見せずに足早に進んだ。

やはり、嘘を吐いた……。

雲母橋辺りに住んでいると云うのは、やはり嘘なのだ。

房吉は、慎重に追った。

竹庵は、西堀留川沿いを進んで小舟町《こぶなちょう》から堀江町《ほりえちょう》一丁目に入った。そして、裏通りを進み、東堀留川近くにある古い裏長屋の木戸の前で立ち止まった。

房吉は、素早く物陰に隠れた。

竹庵は、厳しい面持ちで背後や辺りを見廻し、不審はないと見定めて木戸を潜《くぐ》った。

房吉は木戸に駆け寄り、裏長屋を窺った。

竹庵は、裏長屋の奥の家に入って行った。

房吉は見届けた。

竹庵は、伊勢町雲母橋辺りと嘘を吐き、堀江町の裏長屋に住んでいるのだ。

何故だ……。

竹庵は、どうして嘘を吐いているのだ。

房吉の疑念は募《つの》った。

小料理屋『お多福』は、格子戸を閉めたままだった。

半次は、玉池稲荷から見張っていた。

小料理屋『お多福』の格子戸が開き、甚八が顔を出して辺りを窺った。

半次は見守った。

甚八は、辺りに半兵衛や音次郎のいないのを見定め、『お多福』を出た。そして、足早に柳原通りに向かった。

半次は追った。


神田川に架かる和泉橋の上からは、柳森稲荷が見えた。

半兵衛は、玉池稲荷前の小料理屋『お多福』を出て和泉橋に戻り、音次郎と共に辻強盗を見た者がいないか捜し始めた。

夜中に出歩く者は滅多にいない……。

半兵衛は、和泉橋の北詰、神田佐久間町《かんださくまちよう》二丁目の自身番や木戸番屋を訪れ、辻強盗が出た頃の事を訊いた。

木戸番は、夜廻りの途中で男の悲鳴を聞いた。そして、和泉橋の北詰に駆け付け、南詰の袂から侍が柳森稲荷の方に逃げて行くのを見ていた。

辻強盗だ……。

しかし、辻強盗の人相風体《にんそうふうてい》迄は分からなかった。

半兵衛は、和泉橋にあがって南詰に進んだ。

「旦那……」

音次郎が、南詰から駆け寄って来た。

「どうだ、何か手掛かり、あったか……」

「そいつが、南詰の旗本屋敷の下男《げなん》の父っつぁんに聞いたんですがね。悲鳴があったんで表を覗いたら、提灯が燃えていて袴姿の侍が倒れた旦那を殴るように斬り付けていたと……」

音次郎は告げた。

「袴姿の侍か……」

「ええ。顔は良く分からなくて。で、八ツ小路の方に逃げて行ったそうです」

「八ツ小路の方か……」

八ツ小路に行く途中には、柳森稲荷があった。

堀江町の自身番は東堀留川に架かっている和国橋《わこくばし》の近くにあり、向かい側に木戸番屋があった。

木戸番屋の店先には、草履《ぞうり》、炭団《たどん》、渋団扇《しぶうちわ》、笊《ざる》などが売られていた。

「ちょいと訊きたい事があるんだがね」

房吉は、中年の木戸番に小粒《こつぶ》を渡した。

「えっ、訊きたい事……」

中年の木戸番は、戸惑いながらも渡された小粒を握り締めた。

「うん。裏通りの裏長屋に竹庵って易者がいるのを知っているかな」

房吉は訊いた。

「ええ、知っていますが……」

「どんな人だい……」

「どんなって、占い、余り当たらないって噂ですが……」

中年の木戸番は、薄笑いを浮かべて囁《ささや》いた。

「へえ、そうなんだ」

「ええ。ま、元々はお侍ですからね」

「元々は侍って、竹庵さん、侍だったのかい……」

房吉は眉をひそめた。

「ええ。確か西の方のお大名の家来だったたって噂、聞いた事がありますぜ」

「西の方のお大名の家来……」

易者の天眼堂竹庵は、元は西国の大名家の家来だったのかもしれない……。

房吉は知った。

神田明神《かんだみようじん》の境内は参拝客で賑《にぎ》わっていた。

甚八は、門前町の盛り場にある一膳飯屋《いちぜんめしや》の暖簾《のれん》を潜った。

誰かと逢うのか……。

半次は着物の裾を降ろし、甚八に続いて一膳飯屋に入った。

晩飯前の一膳飯屋は空いていた。

半次は戸口の傍に座り、飯屋の親父に浅蜊《あさり》のぶっかけ飯を頼んで奥を眺めた。

飯屋の奥では、甚八が派手な半纏《はんてん》を着た男と酒を飲んでいた。

甚八は、派手な半纏を着た男に何事かを告げ、小さな紙包みを渡した。

金だ……。

甚八は、派手な半纏を着た男に金を渡して何事かを頼んだ。

山岸竜之進に拘わる事かもしれない……。

半次は読んだ。

誰だ……。

半次は、派手な半纏を着た男が何処の誰か知りたかった。

「お待ちどお……」

飯屋の親父が、半次に浅蜊のぶっかけ飯を持って来た。

「おう……」

半次は、浅蜊のぶっかけ飯を食べ始めた。

甚八と派手な半纏を着た男は、酒を飲みながら話し続けた。


半次は、一膳飯屋を出て斜向《はすむ》かいの路地に入った。

僅かな刻が過ぎ、甚八が出て来た。

甚八は、辺りを見廻して盛り場から出て行った。

甚八を尾行るか、それとも派手な半纏を着た男を追うか……。

半次は迷った。

甚八は、小料理屋『お多福』に戻るか、柳森稲荷の葦簀張りの飲み屋に行く筈だ。だとしたら、派手な半纏を着た男を追うべきだ。

半次は決め、派手な半纏を着た男が一膳飯屋から出て来るのを待った。

四半刻《しはんとき》（三十分）が過ぎた。

派手な半纏を着た男が、一膳飯屋から出て来た。

半次は見守った。

派手な半纏を着た男は、軽い足取りで盛り場の出口に向かった。

半次は追った。

柳森稲荷に参拝客は少なく、鳥居前の古着屋や骨董屋《こっとうや》などの客の方が多かった。

葦簀張りの飲み屋は店を閉めたままだった。

「甚八、今日は店を開けない気ですかね」

音次郎は眉をひそめた。

「うん……」

甚八が店を開けないのは、山岸竜之進と拘わりがあるのかもしれない。

半兵衛は想いを巡らせた。

不意に痛みが走った。

半兵衛は、思わず身を固くした。

「どうかしましたか、旦那……」

音次郎は、半兵衛の様子に気が付いた。

「いや。何でもない……」

半兵衛は、痛みに堪えて平静を装《よそお》った。

「そうですか……」

音次郎は、戸惑いを過ぎらせた。

「うん……」

半兵衛は、葦簀張りの飲み屋を見詰めた。

痛みは治まり、消え始めた。

半兵衛は、固くした身から力を抜き始めた。

「音次郎、山岸竜之進が来るかもしれないから見張ってくれ。私はちょいと奉行所に行って来るよ」

「はい……」

音次郎は頷いた。

半兵衛は、音次郎を柳森稲荷に残して北町奉行所に向かった。

湯島天神門前町《ゆしまてんじんもんぜんちょう》の盛り場は夕暮れ時が近づき、連《つら》なる飲み屋は暖簾を掲《かか》げ始めた。

派手な半纏を着た男は、連なる飲み屋の奥に進んだ。

「女将、店の前の掃除も良いが、手前《てめえ》の顔の掃除もするんだな」

派手な半纏を着た男は、小料理屋の表を掃除していた年増の女将をからかい、斜向《はすむ》かいの古い小さな飲み屋に入った。

半次は見届けた。

古い小さな飲み屋は、暖簾を掲げてはいなく、店の表の掃除もされていなかった。

半次は、斜向かいの小料理屋の表を掃除していた年増の女将に近づいた。

「ちょいとお尋ね致しますが……」

「何ですか……」

「今、あそこに入った派手な半纏を着た男を御存知ですかい……」

「ああ。あいつは博奕打《ばくちう》ちの弥吉《やきち》って質の悪い奴ですよ」

年増の女将は、弥吉を嫌っているのか吐き棄てた。

「博奕打ちの弥吉……」

半次は、派手な半纏を着た男の名と素性を知った。

「で、あの店は……」

半次は、重ねて尋ねた。

「あの、お前さん……」

年増の女将は、半次に警戒する眼を向けた。

「ああ……」

半次は、懐の中の十手を見せた。

「これは親分さん……」

「うん。で、弥吉が入った店は……」

半次は、弥吉の入った古い小さな飲み屋を示した。

「潰《つぶ》れた飲み屋でしてね。今じゃあ、食詰め者の溜《たま》り場《ば》です。何とかして下さいな。親分さん……」

年増の女将は、半次に頼んだ。

「迷惑しているのかい……」

「ええ。うちのお客からお金を脅《おど》し取ったり、只酒《ただざけ》を飲ませろって嫌がらせをしたり、冗談じゃありませんよ」

年増の女将は眉をひそめた。

「そいつは酷いな。よし、必ず何とかするぜ」

半次は約束した。


北町奉行所には、様々な人たちが出入りしていた。

半兵衛は表門を入った。

「半兵衛の旦那……」

廻り髪結の房吉が、表門脇の腰掛にいた。

「やあ。房吉、分かったのか……」

半兵衛は尋ねた。

「はい。堀江町一丁目、東堀留川に架かっている和国橋の傍の裏長屋に……」

房吉は告げた。

半兵衛は、易者の『天眼堂』竹庵の家を突き止めるように頼んでいた。

「間違いないね」

「此の眼で見届けました」

「東堀留川の和国橋の傍か……」

「ええ。旦那、竹庵さん、元は侍で西国大名の家来だったようですぜ」

「元西国大名の家来……」

半兵衛は眉をひそめた。

「ええ。そいつが何故、易者になったか迄は分かりませんがね」

「そうか……」

「ええ……」

「いや。家が分かっただけで充分だ。造作を掛けたね」

半兵衛は、房吉を労《ねぎら》った。

「いえ。じゃあ、此で御免なすって……」

房吉は、半兵衛に会釈《えしゃく》をして北町奉行所から立ち去った。

「和国橋の傍の裏長屋か……」

半兵衛は、竹庵の家を知った。

竹庵が嘘を吐いていたのは、元西国大名の家来だった事に拘わりがあるのかもしれない。

半兵衛の勘が囁いた。

夕陽は西の空に映えた。

神田川の流れに月影が揺れた。

柳原通りは日が暮れ、行き交う人も減った。

半兵衛は北町奉行所から戻り、音次郎と共に柳原の土手に現れる夜鷹《よたか》を捜し始めた。

夜鷹は、夜の町辻で客を引き、木陰《こかげ》や土手の陰で筵《むしろ》を敷いて事に及ぶ売春婦であり、二十四文が相場とされた。

昨夜、和泉橋の袂で辻強盗が仏具屋徳兵衛と手代を襲った時にも、柳原の土手には夜鷹がいた筈だ。

そして、辻強盗を見たかもしれない。

夜鷹は、吉原《よしわら》とは違い、公儀《こうぎ》の非公認で摘発されるべき者たちであり、町奉行所の役人の眼を逃れて客を取っていた。

巻羽織の半兵衛を見たら、逸早《いちはや》く姿を消すのに決まっている。

半兵衛は、黒紋付羽織を脱いで着流《きなが》し姿になり、柳森稲荷から和泉橋、そして新《あたら》シ橋《ばし》の間を往《ゆ》き来《き》する事にした。

四

夜は更けた。

半兵衛は、柳原通りを往《ゆ》き来《き》した。

「旦那……」

木陰から女の声がした。

半兵衛は立ち止まり、木陰を透かし見た。

木陰には、手拭《てぬぐい》を被った厚化粧の女が筵を抱えていた。

夜鷹だ……。

「やあ。私に用かな……」

半兵衛は、笑みを浮かべて漸《よう》く現れた夜鷹に近づいた。

「ええ。遊びませんか……」

夜鷹は、科《しな》を作って半兵衛を誘った。

「じゃあ、ちょいと付き合って貰おうか……」

半兵衛は、夜鷹の手を捕まえた。

「えっ……」

夜鷹は戸惑った。

半兵衛は、夜鷹のいる木陰に入って十手を見せた。

夜鷹は驚き、身を翻して逃げようとした。

半兵衛は、押さえて口を塞《ふさ》いだ。

夜鷹は、逃げようと激しく踠《もが》いた。

「静かにしな。訊きたい事があるだけだ。お縄にはしないと約束するよ」

半兵衛は笑い掛けた。

夜鷹は、踠くのを止めた。

「本当にお縄にしませんね……」

夜鷹は声を震わせた。

「ああ。約束する」

半兵衛は、笑顔で告げた。

「分かりました」

夜鷹は、覚悟を決めたように頷いた。

「昨夜、和泉橋の袂に辻強盗が出たのは知っているね」

「はい……」

夜鷹は、恐ろしげに頷いた。

「辻強盗、お店の旦那と手代を斬り、金を奪ったのだが、見たかな」

「ええ。悲鳴が聞こえたので見たら、袴姿の侍がお金を盗って逃げて行きました」

「その侍の顔、見たかな……」

「いいえ……」

夜鷹は、首を横に振った。

「そうか、見なかったか……」

半兵衛は落胆した。

「はい……」

「じゃあ、何か気が付いた事はなかったかな」

「気が付いた事ですか……」

「うむ……」

「その侍、此処に甚八って人と一緒に来て……」

「甚八……」

半兵衛は眉をひそめた。

「はい……」

「甚八って、柳森稲荷の葦簀張りの飲み屋の親父か……」

半兵衛は訊いた。

「は、はい。そうです」

夜鷹は頷いた。

「昨夜、辻強盗の袴姿の侍、甚八と一緒に和泉橋に来たのだな」

「はい……」

辻強盗を働いた袴姿の侍は、甚八と一緒に和泉橋に来たのだ。

辻強盗は山岸竜之進に間違いない……。

半兵衛は見定めた。

「それで、どうした……」

「和泉橋の袂で何か喋《しゃべ》っていましたが、私もお客が付いて、それで……」

夜鷹は、客を取って袴姿の侍と甚八から眼を離したのだ。

「で、男の悲鳴があがったので見たら、袴姿の侍が旦那の財布を盗っていたか……」

半兵衛は読んだ。

「はい」

「その時、甚八は……」

「いませんでした……」

夜鷹は、怪訝《けげん》な面持ちで首を傾《かし》げた。

「そうか……」

甚八は、山岸竜之進が辻強盗だと知っていたのだ。いや、知っていたと云うより、殺すように指図《さしず》をしたのかもしれない。

半兵衛は緊張した。

もしそうなら、仏具屋の徳兵衛は辻強盗に偶々《たまたま》斬り殺されたのではなく、狙われての事なのだ。

徳兵衛の金を奪ったのは、辻強盗に見せ掛ける為……。

半兵衛は、思案《しあん》を巡らせた。

甚八と仏具屋徳兵衛は、何らかの拘わりがある……。

半兵衛は睨んだ。

夜風が吹き抜けた。

「旦那……」

夜鷹は、半兵衛を不安げに見詰めていた。

「おう。いろいろ造作を掛けたね。此奴《こいつ》は御礼だ」

半兵衛は、夜鷹に一朱銀《いっしゅぎん》を渡した。

「旦那……」

夜鷹は戸惑った。

「今夜は早仕舞いにするんだな」

半兵衛は、笑い掛けて立ち去った。


湯島天神門前町の盛り場は賑わい、半次は潰れた飲み屋を見張り続けた。

弥吉は、潰れた飲み屋に入ったままだった。

着流しの侍が、酔客《すいきゃく》や客を引く酌婦《しゃくふ》の中をやって来た。

半次は、着流しの侍を眺めた。

山岸竜之進か……。

半次は、着流しの侍を見詰め直した。

着流しの侍は、薄汚い旅姿から着替えた山岸竜之進だった。

山岸竜之進は、仏具屋徳兵衛を殺して奪った金で着物を買い、着替えたのだ。

漸《ようや》く見付けた……。

半次は、山岸竜之進を見守った。

山岸竜之進は、弥吉が入ったままの潰れた飲み屋に向かった。

半次は緊張した。

山岸竜之進は、潰れた飲み屋に入った。

半次は、斜向かいの路地を出て潰れた飲み屋の中の様子を窺おうとした。

刹那、潰れた飲み屋から怒声《どせい》があがり、腰高障子《こしだかしょうじ》を壊して山岸竜之進が転がり出て来た。

半次は驚いた。

「た、助けてくれ……」

倒れたまま半次に助けを求めた山岸竜之進は、背中から血を流していた。

「野郎……」

潰れた飲み屋から追って現れた弥吉は、血塗《ちまみ》れの匕首《あいくち》で止《とど》めを刺そうと山岸竜之進に襲い掛かった。
半次は、咄嗟《とっさ》に弥吉を十手で殴り飛ばした。
弥吉は、鼻血を飛ばして倒れた。
半次は、倒れた弥吉に馬乗りになり、匕首を握る手を十手で滅多打《めったう》ちにした。
手の骨の折れる音が鳴り、弥吉は悲鳴をあげて匕首を落とした。
半次に容赦《ようしゃ》はなかった。
生半可《なまはんか》な情けは、大怪我の元で命取り……。
半次は、弥吉を十手で叩きのめした。
弥吉は気を失った。
半次は、気を失った弥吉に素早く縄を打ち、倒れている山岸竜之進の様子を見た。
山岸竜之進は、苦しく顔を歪《ゆが》めて微かに呻《うめ》いていた。
「お医者はいないか、お医者だ……」
半次は、恐ろしげに見ている酔客《すいきゃく》や酌婦《しゃくふ》を見廻した。
「儂《わし》は医者だが……」
十徳姿《じっとくすがた》の初老の男が、酔客たちの中から出て来た。

「ありがてえ。先生、助けてやって下さい」

半次は頼んだ。

山岸竜之進は、傷の手当てをされても昏睡《こんすい》状態のままだった。

半兵衛は、捕らえた弥吉を大番屋の牢に入れた。そして、音次郎に甚八を見張らせ、半次と共に岩本町にある殺された仏具屋徳兵衛の店《たな》を訪れた。

仏具屋徳兵衛の店は、お内儀《ないぎ》のおせんが番頭の利平《りへい》と商いを続けていた。

「玉池稲荷前の小料理屋お多福の甚八さんですか……」

おせんは眉をひそめた。

「うむ。徳兵衛の旦那から何か聞いた覚えはないかな」

半兵衛は尋ねた。

「別にありませんが。ねえ、番頭さん……」

おせんは、番頭の利平に同意を求めた。

「はい。手前も亡くなった旦那から聞いた覚えはございませんが……」

番頭の利平は、おせんの言葉に頷いた。

「そうか、聞いた覚えはないか……」

半兵衛は苦笑した。

「どう思う、半次……」

半兵衛は訊いた。

「さあて、徳兵衛さんが殺されて徳をするのは、今の処、お内儀のおせんさんですか……」

半次は、出て来た仏具屋を振り返った。

「まあな……」

「お内儀、番頭さんとも上手《うま》くいっているようですし、店は心配ありませんね」

「うむ。よし、じゃあ、先ずは弥吉から詮議するか……」

半兵衛は、冷たい笑みを浮かべた。


大番屋の詮議場は薄暗く、微かな血の臭いが漂っていた。

半兵衛と半次は、弥吉を土間の筵の上に引き据えた。

弥吉は、骨が折れて晒《さら》しが巻かれた指を庇《かば》うようにして座った。

「弥吉、お前、どうして山岸竜之進を殺そうとしたんだい」

半兵衛は尋ねた。

「旦那、野郎、未だ生きているんですかい……」

弥吉は、座敷の框《かまち》に腰掛けている半兵衛を見上げた。

「ああ。おそらく助かるだろうな……」

「そうですかい……」

弥吉は、悔しげに顔を歪めた。

「甚八に合わせる顔がねえか……」

半次は笑った。

弥吉は、狼狽えて頰を引き攣《つ》らせた。

「弥吉、手前が甚八に金で山岸竜之進を殺すように頼まれたのは知れているんだぜ」

半次は、厳しく決め付けた。

弥吉は、事の次第が知られているのに怯《ひる》み、微かに震えた。

「弥吉、甚八は何故、お前に山岸竜之進を殺せと頼んだのだ」

「そ、それは……」

弥吉は、言葉を震わせた。

「甚八は、仏具屋の徳兵衛を山岸竜之進に辻強盗を装わせて殺させた。だが、私たちが山岸を徳兵衛殺しと見定めたのを知り、慌ててお前に口封じに山岸を殺せと、金を渡して命じた。そうだな……」

半兵衛は睨んだ。

弥吉は黙り込んだ。

「弥吉、黙っている処をみると、旦那の睨み通りなんだな……」

半次は笑った。

「ああ。甚八の元締《もとじめ》、山岸竜之進にあの潰れた飲み屋に来いと云っておいたから、必ず現れると……」

弥吉は、観念したように項垂《うなだ》れた。

「で、潰れた飲み屋で待ち構え、現れた山岸竜之進を刺したんだな」

半次は読んだ。

「ああ……」

弥吉は、項垂れたまま頷いた。

「弥吉……」

半兵衛は、弥吉を厳しく見据えた。

弥吉は、上目遣《うわめづか》いに半兵衛を窺った。

「甚八は飲み屋を営み、裏で人殺しを請負《うけお》っているな」

半兵衛は、弥吉に笑い掛けた。

「えっ……」

弥吉は、激しく狼狽えた。

「弥吉、甚八は人殺し屋の元締であり、お前は金で雇われて人を殺しているのだな……」

半兵衛は冷たく笑った。

半兵衛は、半次を従えて玉池稲荷前の小料理屋『お多福』を訪れた。

玉池稲荷には音次郎がいた。

「音、甚八はいるな」

半次は、音次郎に尋ねた。

「はい……」

音次郎は頷いた。

「よし、踏み込もう」

半兵衛は告げた。

「じゃあ、あっしは裏から……」

半次は、小料理屋『お多福』の裏口に廻って行った。

半兵衛は、音次郎を従えて小料理屋『お多福』に向かった。


「邪魔するよ」

半兵衛と音次郎は、小料理屋『お多福』に踏み込んだ。

「これは白縫さま……」

板場にいた甚八が、その顔に緊張を浮かべた。

「やあ、甚八。昨夜、弥吉が山岸竜之進を殺し損《そこ》ねてお縄になったよ」

半兵衛は笑い掛けた。

次の瞬間、甚八は裏口に逃げた。

半次が裏口に現れた。

甚八は、包丁を握って身を翻し、音次郎に突き掛かって囲みを破ろうとした。

半兵衛は、横手から甚八の包丁を叩き落とし、鋭く突き飛ばした。

突き飛ばされた甚八は、勢い良く壁にぶつかった。

家が揺れ、棚の花瓶が倒れ、招き猫が転げ落ちて砕け散った。

音次郎が駆け寄り、倒れた甚八を殴り蹴った。そして、ぐったりした甚八に縄を打った。

人殺し屋の元締甚八は捕らえられた。


半兵衛は、甚八を厳しく責めた。

甚八は白状した。

徳兵衛を殺してくれと甚八に金を払って頼んだのは、仏具屋の身代《しんだい》を狙ったお内儀おせんと番頭の利平だった。

勿論《もちろん》、お内儀のおせんと番頭の利平は秘かに情を交わしていた。

半兵衛は、おせんと利平をお縄にした。


元伊勢国亀山藩家臣山岸竜之進は命を取り留め、仏具屋徳兵衛と手代を斬殺した罪で捕らわれた。

「これで父上の敵《かたき》を追っての旅、もう続けられぬな……」

半兵衛は、横たわっている山岸竜之進に告げた。

「ああ……」

山岸竜之進は、悔しさや無念さを見せず穏やかな笑みを浮かべた。

穏やかな笑みには、やっと敵討ちの旅から解き放された安堵があった。

「その代わり、徳兵衛と手代を殺した罪を償《つぐな》う事になるか……」

「ま、毎日、当てのない虚しい旅をするぐらいなら、死罪の仕置《しおき》と云う当てのある毎日を過ごす方が楽かもしれぬ」

山岸竜之進は苦笑した。

「そうか……」

山岸竜之進の敵討ちの旅は終わった……。

半兵衛は頷いた。

「処で山岸、お父上を殺した敵の名は何と云うのだ」

半兵衛は尋ねた。

「亀山藩の有馬総十郎《ありまそうじゆうろう》だ……」

「有馬総十郎、何故《なにゆえ》におぬしのお父上を手に掛けたのだ」

「そいつが馬鹿な話だ。俺の親父は有馬総十郎の妻女《さいじょ》を手込めにしてな」

「有馬の妻女を手込め……」

「ああ。それで有馬の妻女は自害して……」

「有馬総十郎は、おぬしの父上を斬り殺して亀山藩を逐電したか……」

「ああ。で、親類の者たちが相談して、嫡男《ちゃくなん》の俺が敵討ちの旅に出る事になった。悪いのは親父、馬鹿な敵討ちの旅だ……」

山岸竜之進は、苦笑しながら眼尻から涙を零《こぼ》した。

半兵衛は、山岸竜之進の運の悪い人生を憐れんだ。


日本橋の高札場の傍には、七味唐辛子売り、飴細工売り、火打鎌売り、そして易者の『天眼堂』竹庵が店を出していた。

「ちょいと観て貰おうか……」

半兵衛は、巻羽織姿で竹庵の前に佇《たたず》んだ。

「おう。これはお役人、おいでなさい」

竹庵は、久し振りの客の半兵衛を笑みを浮かべて迎えた。

「うむ……」

「さあて、何を観て欲しいのかな……」

「時々、胃の腑が痛んでね。質の悪い腫れ物が出来たのかもしれぬ」

半兵衛は、真剣な面持ちで告げた。

「胃の腑に質の悪い腫れ物……」

竹庵は眉をひそめた。

「左様。胃の腑の質の悪い腫れ物は死病と聞いているが……」

半兵衛は、不安を過ぎらせた。

「ならば、ちょいと手相を……」

竹庵は、半兵衛の手相を観た。

「如何《いかが》かな……」

「うむ。私の観た処、命の線は途切れておらず、長く続いているが……」

竹庵は戸惑った。

「そうか……」

「で、胃の腑の痛み、どのようなものかな」

「ずき、ずきと上《のぼ》り調子《ちょうし》に痛んでは治まり、暫《しばら》く経って又、痛むのだ……」

半兵衛は、己の胃の腑の痛みを話した。

「ずき、ずき、ずきと上り調子にな……」

竹庵は首を捻った。

「何か……」

「うむ。質の悪い腫れ物の痛みならば、胃の腑が引き裂かれ、引き千切《ちぎ》られるような痛みが続く筈だが……」

竹庵は、胃の腑の痛みの違いを語った。

「おぬし、胃の腑の質の悪い腫れ物の死病に詳しいようだな……」

「うむ。実はな、私はその胃の腑に質の悪い腫れ物が出来る死病を患《わずら》っているのだ」

竹庵は囁いた。

「おぬしもか……」

半兵衛は眉をひそめた。

「左様……」

竹庵は、深刻な面持ちで頷いた。

「して、おぬしは私の胃の腑の病をどう観る」

「手相には命に拘わる病を患うとは出ていない。おそらく、質の悪い腫れ物ではないと思うが……」

「ならば、おぬしの手相には命に拘わる病に罹っていると出ているのか……」

「病に罹っているかどうかは別にして、此の通り命の線が……」

竹庵は、己の手相を観て眼を瞠《みは》り、言葉を飲んだ。

「どうした」

「命の線が途切れていたんだが、長く続いている……」

竹庵は、戸惑った面持ちで己の掌《てのひら》を半兵衛に見せた。

竹庵の手相の命の線は長く続いていた。

「おお、まことに……」

半兵衛は頷いた。

竹庵は、両手を擦《こす》って再び手相を観た。

命の線は消えず、長く続いたままだった。

「いつの間に……」

竹庵は、嬉しげな笑みを浮かべた。

「良かったな、有馬さん」

半兵衛は、山岸竜之進の敵の名を呼んだ。

「ええ……」

竹庵は、笑顔で頷いた。

やはり……。

半兵衛は知った。

易者の『天眼堂』竹庵は、元伊勢国亀山藩家臣の有馬総十郎なのだ。

竹庵は、己が本名を呼ばれて返事をしたのにも気が付かぬ程、驚き喜んでいた。

「となるとおぬし、胃の腑の痛み、質の悪い腫れ物が出来た所為だと思い込んでいただけなのかもしれぬな」

半兵衛は笑った。

「そうか、思い込みか……」

竹庵は、気が付いたように頷いた。

「うん。ま、何れ《いず》にしろ私は小石川《こいしかわ》の養生所《ようじょうしょ》に行ってお医者に診て貰うが、おぬしも一緒にどうだ」

半兵衛は、養生所の肝煎り《きもい》で本道医《ほんどうい》の小川良哲《おがわりょうてつ》の診察を受けるつもりだった。

「いや。質の悪い腫れ物が出来る死病でなければ、死ぬ事もない筈だ」

竹庵は思い込んだ。

「そうか、ならば良いが。おお、そろそろ親の敵討ちの旅をしていて身を持ち崩し、人斬りを働いた元亀山藩の家来の打ち首の刻限《こくげん》だ」

半兵衛は、有馬総十郎を父の敵として追う山岸竜之進が悪事を働き、仕置される事をそれとなく教えた。

「元亀山藩の家来……」

竹庵は、顔を強張《こわば》らせた。

「うむ。見料《けんりょう》は幾《いく》らだ……」

半兵衛は尋ねた。

「いや。お役人のお陰でいろいろな事がわかった。見料は要らぬ」

竹庵は、淋しげな笑みを浮かべた。

「そうか。ならば御免……」

半兵衛は、竹庵の前から離れた。

易者の竹庵は、山岸竜之進が十余年《じゅうよねん》もの間、父親の敵として捜していた有馬総十郎だった。

そして、竹庵は手相に浮かぶ命の線が途切れた事と胃の腑の痛みを結び付け、質の悪い腫れ物の出来る死病だと思い込んでいた。

その手相の途切れていた命の線は、何故か長く伸びた。

それは、父の敵として追って来る山岸竜之進が打ち首になる事と拘わりがあるのかもしれない……。

何れにしろ易者の竹庵は、討手《うつて》の山岸竜之進から逃れた。だが、胃の腑に質の悪い腫れ物の出来る死病から逃れられたかどうかは分からない。

手相の命の線が伸びたからと云って、死病ではないとは言い切れないのだ。しかし、竹庵は思い込んだ。

死病だと思い込み、次は死病ではないと思い込んだのだ。

思い込みに勝《まさ》るものはない。だが、思い込みは、所詮《しょせん》は思い込みに過ぎない。

竹庵が納得しているのならそれで良い……。

世の中には、私たちが知らぬ顔をした方が良い事もある。

半兵衛は、日本橋を渡って小伝馬町《こでんまちょう》の牢屋敷に向かった。

山岸竜之進は、牢屋敷の刑場の土壇場《どたんば》で打ち首にされる。

半兵衛は、処刑に立ち会って山岸竜之進の最期を見届けるつもりだ。

明日、小石川の養生所に行き、良哲先生に胃の腑の具合を診て貰おう……。

半兵衛はそう決め、牢屋敷に急いだ。

第二話　破戒僧《はかいそう》

一

北町奉行所臨時廻《りんじまわ》り同心の白縫半兵衛は、岡っ引の半次と下っ引の音次郎を同心詰所《つめしょ》に待たせ、大久保忠左衛門の用部屋《ようべや》を訪れた。

「御用ですか……」

半兵衛は、文机《ふづくえ》に向かっている忠左衛門の細い背に告げた。

「おお、半兵衛か……」

忠左衛門は、筆を置いて振り向いた。

「はい。お呼びだそうで……」

「うむ……」

忠左衛門は、茶を啜《すす》って喉《のど》を潤《うるお》した。

半兵衛は、忠左衛門が話し出すのを待った。

「半兵衛、先程、寺社奉行《じしゃぶぎょう》松代藩《まつしろはん》の寺社役の笠井《かさい》どのがお見えになってな」

「ほう。笠井さまが……」

寺社奉行は、全国の寺社及び寺社領の領民や神官《しんかん》、僧尼《そうに》、楽人《がくにん》、盲人《もうじん》、連歌《れんが》師《し》、陰陽師《おんみょうじ》、古筆見《こひつみ》、碁将棋《ごしょうぎ》を支配し、その訴訟《そしょう》を扱うのが役目である。そして、旗本から任命される町奉行や勘定奉行《かんじょうぶぎょう》とは違って大名から四人が選ばれ、月番交代で役目に就いていた。

寺社役は、大名家の用人《ようにん》、物頭《ものがしら》、番頭《ばんがしら》から選ばれ、神官や僧侶《そうりょ》の犯罪を捜査逮捕をする役目だ。

今月の月番寺社奉行は松代藩であり、寺社役の松代藩物頭の笠井兵部《ひょうぶ》が忠左衛門を訪れたのだ。

「うむ……」

「して……」

半兵衛は、忠左衛門に話の先を促した。

「入谷《いりや》の瑞真寺《ずいしんじ》に道春《どうしゅん》と云う名の坊主がいるそうだ」

「入谷瑞真寺の住職《じゅうしょく》道春ですか……」

「左様……」

「女犯《にょぼん》の罪でも犯しましたか……」

半兵衛は読んだ。

「さあな……」

忠左衛門は、筋張《すじば》った細い首を捻った。

「さあな……」

半兵衛は戸惑った。

「うむ。とにかく得体《えたい》の知れぬ妙な坊主だそうでな。笠井どのが詳しく調べてくれぬかと頼んで来たのだ」

「得体の知れぬ妙な坊主ですか……」

半兵衛は、道春に興味を抱いた。

「左様。どうだ、調べてくれるか……」

「心得ました。では……」

半兵衛は、忠左衛門に会釈《えしゃく》をして早々《そうそう》に用部屋を出ようとした。

「ま、待て、半兵衛……」

忠左衛門は、筋張った細い首を伸ばして半兵衛を止めた。

「探索は出来るだけ隠密《おんみつ》にですな……」

半兵衛は苦笑した。

「う、うむ……」

忠左衛門は頷いた。

「では、御免……」

半兵衛は、忠左衛門の用部屋を後にした。


入谷の瑞真寺は、真源院鬼子母神《しんげんいんきしもじん》の近くにある。

半兵衛は、半次と音次郎を伴って入谷の瑞真寺に向かった。

途中、半兵衛は、半次と音次郎に寺社奉行の者の依頼で入谷の瑞真寺住職道春を秘《ひそ》かに調べる事を教えた。

「入谷の瑞真寺の道春和尚《おしよう》ですか……」

半次は眉をひそめた。

「うむ……」

「その道春和尚、生臭《なまぐさ》なんですかい……」

音次郎は、薄笑いを浮かべた。

〝生臭〟とは〝生臭坊主〟の事であり、戒律《かいりつ》を守らない僧を云った。

「きっとな。ま、得体の知れぬ坊主だそうだ」

半兵衛は笑った。


入谷真源院鬼子母神の境内では、幼子《おさなご》たちが楽しげに遊んでいた。

半兵衛は、半次や音次郎と鬼子母神前を通り、瑞真寺の前にやって来た。

瑞真寺は古い小さな寺であり、境内は掃除が行き届いていた。

「変わった様子はありませんね」

半次は、境内を窺った。

「うん。よし、半次と音次郎は瑞真寺と道春和尚について聞き込みを掛けてくれ。私は瑞真寺を見張る」

「承知しました。じゃあ……」

半次と音次郎は、聞き込みに走った。

半兵衛は巻羽織を脱ぎ、風呂敷に包んで腰に結び付けた。そして、木陰から瑞真寺の境内を見廻した。

境内には鐘楼《しょうろう》があり、奥に本堂、端に庫裏《くり》が見えた。

半兵衛は窺った。

庫裏から老寺男《ろうてらおとこ》が現れ、井戸端で洗い物を始めた。

よし……。

半兵衛は、瑞真寺の境内に入り、洗い物をしている老寺男に声を掛けた。

「やあ……」

老寺男は立ち上がり、怪訝な面持ちで半兵衛を迎えた。

「忙しい処、すまないが、ちょいと訊きたい事があってね」

半兵衛は笑い掛けた。

「はい。何か……」

老寺男は、実直そうな眼を向けた。

「此方《こちら》の瑞真寺に家作《かさく》はあるのかな……」

半兵衛は尋ねた。

「家作……」

老寺男は、戸惑いを浮かべた。

「うむ。知り合いが入谷の寺の家作を借りて暮らしていると聞いて来たのだが、寺の名前を度忘れしちまってね」

「そうですか。生憎《あいにく》ですが、手前共の瑞真寺には家作はございませんでして……」

老寺男は、申し訳なさそうに告げた。

「そうか。此方に家作はないか……」

半兵衛は、落胆したように境内を見廻した。

「お侍さま、確か此の先の満願寺《まんがんじ》に家作がある筈ですが……」

老寺男は、半兵衛を気遣った。

「此の先の満願寺か……」

「はい……」

老寺男は頷いた。

そこには、狡猾さや好《い》い加減《かげん》さはなく、律儀《りちぎ》さと穏やかさが滲んでいた。

「そうか。ならば満願寺に行ってみるか……」

「お知り合い、満願寺の家作にいると良いですね」

老寺男は微笑んだ。

「うむ。造作を掛けたね」

半兵衛は、老寺男に礼を述べて瑞真寺の境内を出た。

瑞真寺の境内は、陽差《ひざ》しと穏やかさに満ち溢れていた。

半兵衛は、瑞真寺の見える木陰に入り、再び見張りに就いた。

瑞真寺と老寺男に不審な処はない。

それが住職の人柄を反映しているなら、道春は真っ当であり、取り立てて得体が知れぬ坊主でもない。

半兵衛は、道春の人柄を読んだ。

微風《そよかぜ》が吹き抜け、木洩れ日が煌めいた。


半次と音次郎は、瑞真寺に出入りしている米屋や油屋などにそれとなく聞き込みを掛け、寺と住職の道春の人柄を調べた。

瑞真寺には、住職の道春と老寺男の善八《ぜんぱち》の二人が住んでいた。そして、檀家《だんか》は少ないが、米や味噌醬油、油などの代金は滞《とどこお》りなく支払われていた。

「檀家が少ない割には、金には困っていないようですね」

音次郎は首を捻った。

「ああ……」

半次は頷いた。

「それにしても貧乏人の弔《とむら》いを只でしてやったり、金貸しに取立てを待ってやってくれと頼んだり、珍しい坊主ですね」

「うん。ま、その辺りが得体の知れない坊さんなのかもしれないな」

半次は読んだ。

背の高い坊主が、老寺男に見送られて瑞真寺から出て来た。

「じゃあ善八、行って来る」

「はい。道春さまもお気を付けて……」

背の高い坊主は、老寺男に笑い掛けて出掛けて行った。

老寺男の名は善八、背の高い坊主は住職の道春……。

半兵衛は見定めた。

老寺男の善八は、道春を見送って瑞真寺に戻った。

半兵衛は、木陰から出て道春を追った。

道春は墨染《すみぞめ》の衣を翻し、落ち着いた足取りで下谷広小路に向かっていた。

半兵衛は尾行た。

道春の後ろ姿に不審な処はないが、微かな違和感があった。

違和感は何か……。

半兵衛は、違和感を見定められぬまま道春を追った。


下谷広小路は賑わっていた。

道春は、広小路の雑踏を横切って不忍池の畔に進んだ。そして、雑木林《ぞうきばやし》の奥にある料理屋『池之家《いけのや》』に入った。

半兵衛は見届けた。

坊主が昼間から料理屋か……。

その辺りに、道春の得体の知れぬ処があるのかもしれない。

半兵衛は、道春が料理屋『池之家』に何しに来たのか見定めようとした。

料理屋『池之家』から下足番《げそくばん》が現れ、店先《たなさき》の掃除を始めた。

半兵衛は羽織を着て裾を巻き、下足番に近づいた。

「やあ……」

「こりゃあ旦那……」

下足番は、巻羽織の半兵衛が町奉行所の同心だと気付き、掃除の手を止めた。

「ちょいと訊くが、今、坊さんが入ったね」

「は、はい……」

下足番は、戸惑いながら頷いた。

「誰かと逢っているのかな……」

半兵衛は尋ねた。

「えっ。いいえ。お坊さまは、半年前にお亡くなりになった旦那さまの月命日《つきめいにち》なので、お経をあげに来て下さったのです」

「月命日のお経……」

半兵衛は戸惑った。

「はい。それが何か……」

下足番は、半兵衛に怪訝な眼を向けた。

「いや、別に。じゃあ此処《ここ》は、その坊さまの寺の檀家なのか……」

「いえ、檀家ではないと思いますが……」

下足番は、自信なげに頷いた。

「じゃあ……」

半兵衛は眉をひそめた。

「お坊さまは、女将さんのお知り合いだそうでして……」

「じゃあ、女将さんが連れて来たのか……」

「はい……」

下足番は頷いた。

料理屋『池之家』の女将……。

半兵衛は気になった。

「女将さん、どんな人かな……」

「どんなって、三十過ぎでして、旦那さまが亡くなられてから、幼い坊ちゃまを育て、池之家を一人で切り盛りされておりますが……」

「三十過ぎの子持ちか……」

「はい」

「名前は……」

「おつやさまです」

下足番は、躊躇《ためら》いがちに応じた。

道春と三十歳過ぎの後家《ごけ》のおつや……。

半兵衛には、只の料理屋の女将と経をあげに来た坊主だけの拘わりとは思えなかった。

どんな拘わりがあるのか……。

半兵衛は想いを巡らせた。

「あの、旦那。お坊さまが何か……」

「いや。坊主が昼間から料理屋に入ったのが気になってね。亡くなった旦那の月命日だとは思わなかったよ。邪魔をしたね」

半兵衛は、下足番に礼を云って踵《きびす》を返した。


不忍池は煌めき、畔には木洩れ日が揺れていた。

半兵衛は、不忍池の畔の茶店で茶を飲みながら、雑木林の中に見える料理屋『池之家』を見張った。

半刻(一時間)近くが経った。

道春が出て来る気配はない。

月命日の経をあげに来たにしては、刻《とき》が掛かり過ぎている。

どうやら、経をあげに来ただけではないようだ……。

半兵衛は苦笑した。

「旦那、お茶のお代わり、如何ですか……」

茶店の老婆《ろうば》は、半兵衛に新しい茶を持って来た。

「戴《いただ》くよ」

半兵衛は、老婆から新しい茶を貰った。

「処《ところ》で婆さん、池之家のおつやって女将、どんな女なのかな」

半兵衛は、茶を飲みながら尋ねた。

「男好きのする色っぽい女将さんですよ」

「ほう。じゃあ旦那が死んで後家になった今、言い寄る男も多いのだろうね」

「そりゃあもう……」

老婆は、歯の抜けた口で笑った。

縞《しま》の半纏を着た男と二人の浪人が、不忍池の畔をやって来た。

三人の男は、半兵衛のいる茶店の前を通って雑木林に入り、料理屋『池之家』に向かった。

料理屋『池之家』の客か……。

半兵衛は、茶を飲みながら見送った。

「博奕打《ばくち》うちが……」

老婆は、料理屋『池之家』に入って行く三人の男たちに眉をひそめた。

「ほう。奴ら博奕打ちなのかい……」

「ええ……」

「博奕打ちが池之家に何の用だい」

「半年前に死んだ旦那が、博奕で作った借金の取立てに来ているんですよ」

「旦那が博奕で作った借金……」

「ええ。それも本当かどうか分かりゃあしないんですよ」

老婆は吐き棄てた。

「まあ、まあ。そう、熱《いき》り立たずに……」

道春が、縞の半纏を着た博奕打ちと二人の浪人を料理屋『池之家』から押し出して来た。

「煩《うる》せえ、生臭坊主が……」

縞の半纏を着た博奕打ちが、道春を乱暴に突き飛ばした。

道春は尻餅《しりもち》をついた。

「道春さま……」

料理屋『池之家』から年増女が現れ、尻餅をついた道春を助け起こした。

女将のおつや……。

半兵衛は見定めた。

「案ずるな、女将……」

道春は立ち上がり、おつやに笑い掛けた。

「二枚目を気取りやがって、坊主でも只じゃあすまねえぞ」

博奕打ちは凄《すご》んだ。

「拙僧《せっそう》を殺せば、七代祟《しちだいたた》るぞ」

道春は笑った。

「煩せえ。女将、死んだ旦那が残した借金五十両、さっさと返せ。さもなければ大人しく池之家を渡すんだな」

博奕打ちは、女将のおつやに迫《せま》った。

「だから、女将さんはその話を拙僧に任《まか》されたのだ。よし、今晩、貸元《かしもと》の長五郎《ちょうごろう》さんと話をつけに谷中《やなか》の賭場《とば》に伺《うかが》いますぞ」

道春は、おつやを背に庇って笑顔で告げた。

「黙れ、坊主。大人しく池之家を渡せば良いんだよ」

髭面の浪人は、道春の胸倉《むなぐら》を摑もうと手を伸ばした。

道春は笑みを消した。

次の瞬間、髭面の浪人は脾腹《ひばら》を押さえて苦しげに蹲《うずくま》った。

「おっ、どうされた。腹痛なら家に帰って千振《せんぶり》でも飲んで寝るのが一番ですぞ」

道春は笑った。

「大丈夫か、岩田《いわた》……」

痩せた浪人は、髭面の浪人を岩田と呼んで助け起こそうとした。

「し、心配無用だ。清水《しみず》……」

岩田と呼ばれた髭面の浪人は、清水と云う痩せた浪人を制して立ち上がった。

「今晩、貸元の処に来るんだな」

岩田は、道春を睨み付けた。

「左様。御伺いすると長五郎さんにな」

「分かった。帰るぞ、清水、平助《へいすけ》……」

岩田は、清水と縞の半纏を着た平助を促して踵を返した。

清水と平助は、戸惑った面持ちで続いた。

道春は見送り、料理屋『池之家』に戻った。

半兵衛は見届けた。

道春が、己に手を伸ばした岩田の脾腹を拳《こぶし》で突いた早技を……。

清水や平助が気が付かぬ、一瞬の出来事だった。

半兵衛は、道春に抱いた微かな違和感の正体に気付いた。

道春は元は武士なのか……。

半兵衛は、料理屋『池之家』を見た。

道春が、女将のおつやと下足番に見送られて出て来た。

「婆さん、茶代だ……」

半兵衛は、縁台に茶代を置いた。

道春は、半兵衛を一瞥して通り過ぎて行った。

半兵衛は茶店を出た。

木洩れ日は眩《まぶ》しく煌めいた。

道春は、不忍池の畔に立ち止まって振り返った。

「拙僧に何か御用ですかな……」

道春は、半兵衛を見据えた。

「やあ。博奕打ちと浪人に絡《から》まれ、どうなるかと思いましたが、大丈夫のようですね」

半兵衛は笑い掛けた。

「御覧になっていましたか……」

道春は、照れたように苦笑した。

「ええ。相手は博奕打ち、出家《しゅっけ》が相手にするような輩《やから》ではない。何なら私が……」

半兵衛は告げた。

「ほう。お役人は……」

「私は北町奉行所の白縫半兵衛……」

半兵衛は、調べる相手に名乗った。

「拙僧は入谷瑞真寺住職の道春と申します」

道春は名乗った。

「道春さん、今夜、本当に谷中の博奕打ちの貸元長五郎の処に行くのですか……」

「はい……」

「しかし……」

半兵衛は眉をひそめた。

「半兵衛さん、坊主は死人《しびと》を弔い、その菩提《ぼだい》を供養《くよう》するのが役目。ですが私は今を生きている者を助け、励《はげ》ますのが功徳《くどく》。それが坊主の一番の役目だと思っていましてね」

道春は微笑《ほほえ》んだ。

「今を生きている者を助け、励ます……」

半兵衛は、微笑む道春を見詰めた。

「ええ……」

頷く道春の微笑みは、穏やかだった。

「道春さん……」

「半兵衛さん、心配してくれるのはありがたいが、こいつは事件じゃあない。町奉行所の同心の旦那の出番じゃありませんよ」

「道春さん、私は事件が起きないようにするのも、町奉行所の同心の役目だと思っていましてね」

半兵衛は告げた。

「それはそれは。今時、珍しい同心の旦那ですな」

道春は笑った。

「ええ。それに池之家の亡くなった旦那の作ったと云う博奕の借金、本当かどうか……」

半兵衛は苦笑した。

「半兵衛さんも、そう思いますか……」

道春は眉をひそめた。

「ま、裏渡世《うらとせい》の博奕打ちは一筋縄《ひとすじなわ》じゃあいきませんからね」

「分かりました。心して掛かります。では……」

道春は、半兵衛に会釈をして踵を返した。

「道春さん……」

「何か……」

「出家される前は武士ですか……」

半兵衛は尋ねた。

「貧乏旗本の小倅《こせがれ》ですよ」

道春は苦笑し、不忍池の畔を立ち去って行った。

坊主は死人を葬《ほうむ》り、菩提を供養するのが役目。しかし、道春は今を生きている者を助け、励ますのが功徳。坊主の一番の役目だと云い切った。

世間から見れば、道春は確かに得体の知れぬ坊主かもしれない。

だが、間違ってはいない……。

半兵衛は、いつの間にか道春の側《がわ》に立っている己に苦笑した。

風が吹き抜け、不忍池に煌めきが走った。

二

入谷瑞真寺は静寂《せいじゃく》に包まれていた。

半次と音次郎は、聞き込みを終えて瑞真寺に戻って来た。

見張っている筈の半兵衛はいなかった。

「旦那、どうしたんですかね」

音次郎は眉をひそめた。

「きっと、道春和尚が出掛けたので追ったんだろう」

半次は読み、音次郎と瑞真寺の見張りに就いた。

僅かな刻が過ぎた。

「音次郎……」

半次は、瑞真寺を示した。

菅笠《すげがさ》を被った老寺男の善八が、風呂敷包みを背負って瑞真寺から出て来た。

善八は、菅笠をあげて辺りを見廻し、金杉町《かなすぎちょう》の方に向かった。

「よし。俺が追う。音次郎は瑞真寺の見張りを頼むぜ」

「はい……」

半次は、音次郎を残して老寺男の善八を追った。

金杉町の通りは、下谷広小路から隅田川《すみだがわ》に架かっている千住大橋《せんじゅおおはし》や千住の宿《しゅく》を結んでいる。

菅笠を被った善八は、風呂敷包みを背負って金杉町の裏通りに入った。

半次は尾行た。

善八は、裏通りの古い長屋の木戸を潜った。

「あら、善八さん……」

井戸端にいたおかみさんたちが、善八を親しげに迎えた。

「やあ、皆さん、薬は間に合っていますか……」

善八は、おかみさんたちに訊いた。

「いえ。風邪と腹痛の薬があれば、戴けますか……」

「私も腹痛の薬をお願いします」

おかみさんたちは、善八に頼んだ。

「風邪と腹痛の薬だね……」

善八は、風呂敷包みの荷物を解いて行李《こうり》を出し、並べられている煎《せん》じ薬《ぐすり》の入った紙袋を取り出し始めた。

「みんな、瑞真寺の善八さんが、薬を持ってお見えだよ。みんな……」

おかみさんの一人は、長屋の家々に大声で告げた。

赤ん坊を抱いた若いおかみさんや年老いたおかみさんたちが、連なる家々から出て来た。

「良かった。善八さんの煎じ薬、本当に良く効くから大助かりですよ」

「それに何たって只で貰えるなんて、ありがたい話ですよ」

年老いたおかみさんは、善八に手を合わせた。

「おかみさん、手を合わせるなら瑞真寺住職の道春さまだよ。私は道春さまの言い付けで煎じ薬を作り、必要な人に配っているだけだからね」

善八は告げた。

「それなら、道春さまに南無妙法蓮華経《なむみょうほうれんげきょう》……」

年老いたおかみさんは、手を合わせて経を唱《とな》えた。
「おかみさん、そいつは宗旨《しゆうし》が違う」
善八は苦笑した。
おかみさんたちは、声を揃えて賑やかに笑った。
半次は、木戸から井戸端でおかみさんたちに囲まれている善八を見守った。
瑞真寺の老寺男の善八は、風邪や腹痛などの煎じ薬を作って貧乏人に只で配っていた。
それが住職道春の指図《さしず》なら、今の世の中では変わった坊主だ。
半次は、半兵衛の云った事を思い出した。
得体の知れぬ坊主……。
半次は、道春の顔が見たくなった。
背の高い坊主は、鬼子母神の横を通って瑞真寺にやって来た。
音次郎は、木陰から見守った。
背の高い坊主は、瑞真寺の境内に入った。
音次郎は木陰を出て、瑞真寺の山門に走って境内を窺った。

背の高い坊主は、庫裏に入って行った。

住職の道春……。

音次郎は見定めた。

「庫裏に入ったか……」

半兵衛がやって来た。

「旦那……」

音次郎は頷いた。

「あの坊さんが道春だ」

半兵衛は教えた。

「はい……」

音次郎は、喉を鳴らして頷いた。

半兵衛は、音次郎を促して木陰に入った。

「半次は……」

「寺男の善八が出掛けたので追いました」

「そうか。で、聞き込みはどうだった」

「瑞真寺、金廻りはいいようですが、道春和尚が貧乏人に施《ほどこ》したり、弔いや法事《ほうじ》に手を抜くそうでしてね。檀家の旦那衆《だんなしゅう》の評判は余り良くないそうですよ」

音次郎は眉をひそめた。

「だろうな……」

半兵衛は頷いた。

「旦那……」

音次郎は、半兵衛に怪訝な眼を向けた。

「道春とちょいと話をしてね」

半兵衛は、小さな笑みを浮かべた。

「ちょいと話を……」

音次郎は戸惑った。

「ああ……」

半兵衛は、道春が不忍池の料理屋『池之家』を巡って谷中の博奕打ちと揉めている事を教えた。

「へえ、坊さんの癖に良い度胸ですね」

音次郎は感心した。

「ああ。音次郎、道春は死人を供養するより、生きている者を助け、励ますのが功徳。一番の役目だと思っている坊主だ」

「えっ……」

音次郎は、半兵衛の云った言葉の意味が良く分からず、困惑を浮かべた。

「よし。音次郎、道春は今夜、谷中の長五郎と云う博奕打ちの貸元に逢いに行く。半次と一緒に追って来てくれ。私は先に谷中に行って長五郎がどんな奴か調べてみる」

「承知しました」

音次郎は頷いた。

半兵衛は、道春の見張りを音次郎に任せて谷中に向かった。


入谷から谷中に行くには、下谷金杉町から根岸《ねぎし》に出て石神井用水《しやくじいようすい》沿いを西に進めば良い。そして、石神井用水に架かっている小橋を渡り、芋坂《いもざか》をあがれば谷《や》中天王寺《なかてんのうじ》に出る。

半兵衛は、東叡山寛永寺《とうえいざんかんえいじ》の裏、北側の根岸の里を進んだ。

石神井用水のせせらぎと水鶏《くいな》の鳴き声が長閑《のどか》に響いていた。

谷中には天王寺を始めとして寺が多数あり、門前町には〝いろは茶屋〟と呼ばれる江戸でも名高い岡場所があった。

寺社地に岡場所と賭場が多いのは、町奉行所の支配外であるからだ。

半兵衛は、天王寺門前の蕎麦屋《そばや》に入って盛り蕎麦を食べた。

「どうぞ……」

蕎麦屋の亭主が出涸《でが》らし茶を差し出した。

「やあ。すまないね。処で亭主、谷中の長五郎の家は何処《どこ》かな」

「貸元の長五郎の家ですか……」

亭主は眉をひそめた。

「ああ、何処かな……」

「八軒町《はちけんちょう》に、丸に長の字の腰高障子の店がありますよ」

「八軒町に、丸に長の字か……」

「はい。旦那、長五郎の野郎、何かしたんですかい……」

亭主は、長五郎を嫌っているらしく嬉しげな笑みを浮かべた。

「そいつはこれからだが、どんな奴かな。長五郎は……」

「旦那、賭場の貸元に人柄の良い奴や真っ当な奴なんか、滅多にいやしませんよ」

亭主は吐き棄てた。

「そりゃあそうだな……」

半兵衛は笑った。

「長五郎、此《こ》ぞと思う客を見付けたら如何様《いかさま》博奕で借金を作らせ、身代を毟《むし》り取るって話ですよ」

「そいつは酷いな……」

「酷いと云えば、酒を呑んで酔い潰れ、気が付いたら博奕で借金を作っており、取り立てられたお店の若旦那もいるって噂ですよ」

「長五郎、呆《あき》れる程、悪辣《あくらつ》な奴だな」

半兵衛は苦笑した。

「ええ。旦那、どうにかなりませんかね」

亭主は、うんざりした面持ちで告げた。

「そうだねえ……」

半兵衛は、出涸らし茶を飲んだ。

出涸らし茶は冷えていた。

丸に長の字が書かれた腰高障子は開け放たれ、三下《さんした》たちが忙しく出入《でい》りしていた。

貸元長五郎の家だ……。

半兵衛は、八軒町の長五郎の家を眺めた。

髭面の浪人の岩田が、二人の浪人を連れてやって来た。

半兵衛は物陰に潜んだ。

岩田は、二人の浪人を連れて長五郎の家に入って行った。

助っ人か……。

道春の早技に驚いた岩田は、助っ人を連れて来たのだ。

半兵衛は苦笑した。

陽は西に大きく傾いた。

老寺男の善八が瑞真寺に戻り、半次がやって来た。

「善八、何処に何しに行ったんですかい……」

音次郎は訊いた。

「そいつがな……」

半次は、老寺男の善八が貧乏人に煎じ薬を只で配り歩いて来た事を教えた。

「へえ。やっぱりねえ……」

音次郎は感心した。

「やっぱりねえ、ってのはなんだい」

半次は眉をひそめた。

「半兵衛の旦那が道春を尾行ましてね……」

音次郎は、半兵衛から訊いた事を半次に報せた。

「成《な》る程《ほど》、死人を弔い、菩提を供養するより、生きている者を助け、励ますのが功徳、一番の役目か……」

半次は、善八が貧乏人の煎じ薬を配って歩いた意味を知った。

道春が、瑞真寺から出て来た。

半次と音次郎は見守った。

道春は、下谷金杉町に向かった。

「根岸の里から谷中に行く気かな」

半次は読んだ。

「きっと……」

音次郎は頷いた。

「よし。追うぜ」

半次は、音次郎を促して道春を追った。

行く手の西の空は、夕陽に染まり始めていた。


谷中天王寺門前町は、夕暮れと共に賑わった。

半兵衛は、長五郎の家を見守った。

縞の半纏を着た平助と痩せた浪人の清水が、長五郎の家から出て来て辺りを警戒した。そして、不審はないと見届けた平助が、長五郎の家の中に声を掛けた。

肥《ふと》った初老の男が、岩田と二人の浪人を従えて出て来た。

貸元の長五郎……。

半兵衛は、肥った初老の男を貸元の長五郎だと見定めた。

貸元の長五郎は平助に見送られ、岩田や清水たち浪人に護《まも》られて寺の間の道を進んだ。

命を狙われる程、恨《うら》まれているのを知っている……。

半兵衛は苦笑した。
長五郎は、岩田や清水たち用心棒に護られて或《あ》る寺の裏手に廻った。
寺の裏門には三下たちがおり、訪れる客を裏庭の隅の家作に誘《いざな》っていた。
長五郎たちは、三下たちに迎えられて家作に入って行った。
賭場だ……。
半兵衛は見定めた。
長五郎は、寺の家作を借りて賭場にしているのだ。
道春は賭場に来るのか……。
何れにしろ、道春は長五郎の許に来る筈だ。
半兵衛は読んだ。
裏門にいた三下は、訪れた客を賭場のある家作に誘って行った。
半兵衛は、誰もいなくなった裏門を素早く入り、裏の闇に消えた。
谷中に来た道春は、天王寺門前を通って八軒町に進んだ。
半次と音次郎は尾行た。
道春は、丸に長の字の書かれた腰高障子の家の前に立ち止まった。

半次と音次郎は、物陰から見守った。

「丸に長の字、長五郎の家に間違いないな」

半次は読んだ。

「はい……」

音次郎は、喉を鳴らして頷いた。

道春は、長五郎の家に入った。

半次と音次郎は、長五郎の家を見詰めた。

僅かな刻が過ぎ、道春が縞の半纏を着た男と出て来た。

「彼奴《あいつ》……」

音次郎は眉をひそめた。

「知っている野郎か……」

「はい。平助って博奕打ちです」

音次郎は、半次の許に来る前、博奕打ちを気取っていた。平助は、その頃に知った博奕打ちだった。

平助は、道春を誘って寺の間の道を進んだ。

「行き先、きっと賭場ですよ」

音次郎は読んだ。

「ああ。半兵衛の旦那がいない処をみると、貸元の長五郎、もう賭場に行っているんだ」

半次は睨み、平助と道春を追った。

薄暗い賭場は、盆茣蓙《ぼんござ》を囲む客たちの熱気と煙草《たばこ》の煙《けむり》に満ちていた。

貸元の座には長五郎が座り、岩田や清水たち浪人が周囲を固めていた。

お店の旦那、職人の親方、旗本の隠居……。

盆茣蓙を囲んでいる客たちは、伏せられた壺の中の賽《さい》の目を必死に読んでいた。

半兵衛は浪人を装い、次の間《ま》に仕度された酒を飲む振りをしながら貸元の長五郎を窺っていた。

長五郎は肥った身体を貸元の座に据え、客を見ながら銀煙管《ぎんきせる》を燻《くゆ》らしていた。

肉に埋《う》もれた細い眼は、獲物を探す獣のように飢えていた。

博奕の借金を作らせ、身代を根刮《ねこそ》ぎ奪い取る鴨を探している……。

半兵衛は苦笑した。

平助が入って来て長五郎に囁いた。

道春が来た……。

半兵衛は読んだ。

長五郎は平助に頷き、代貸《だいがし》に後を任せて岩田や清水たち浪人と賭場を出た。

奥の座敷に行く……。

半兵衛は睨み、次の間を出た。


貸元の長五郎は、平助と岩田を従えて奥の座敷に入った。

道春が待っていた。

「お前さんが瑞真寺の道春和尚か……」

長五郎は、薄笑いを浮かべて座った。

「左様、おぬしが谷中の長五郎さんか……」

道春は、肥った長五郎を見て苦笑した。

「何がおかしい……」

長五郎は眉をひそめた。

「おぬし、動悸《どうき》、息切れが酷いだろう」

道春は、思わぬ事を尋ねた。

「何……」

長五郎は戸惑った。

「少し痩せた方が心の臓の為だな」

道春は告げた。

「煩《うる》せえ。道春、死んだ池之家の旦那の借金五十両。耳を揃《そろ》えて返してくれるのか……」

長五郎は、肉に埋もれた眼を一段と細くして道春を見据えた。

「さあて……」

道春は首を捻った。

「五十両、返せねえってのなら、池之家を差し出すんだな……」

「そいつは無理だ……」

道春は笑った。

「道春、手前《てめえ》、俺を嘗《な》めているのか……」

長五郎は、細い眼に怒りを滲ませた。

「長五郎、死んだ池之家の旦那の博奕で作った借金、本当か……」

「何だと……」

「本当かと訊いているのだ」

道春は、長五郎を厳しく見据えた。

「今更《いまさら》、何を云いやがる。此の通り借用証文《しやくようしようもん》もあるんだぜ」

長五郎は、借用証文を懐から出して見せた。

「長五郎、その借用証文が本物だと云う証《あかし》はあるのかな……」

「証……」

「左様。死んだ池之家の旦那の借用証文と云う確かな証だ。証がない限り、お前さんの話は信じられぬ」

道春は、長五郎を見据えて云い放った。

「手前……」

「長五郎、何なら公事訴訟として町奉行所に持ち込んでも良いのだぞ」

「町奉行所だと……」

「ああ。尤《もつと》も天下の御法度《ごはつと》の博奕で作った借金など、端《はな》から相手にされないだろうがな」

道春は笑った。

「道春……」

長五郎は、肉付きの良い顔を真っ赤に染めて怒りを露わにした。

「長五郎、本物かどうか分からぬ博奕の借用証文を振り廻し、他人の身代を奪い取る企み、いつも通用すると思うな。早々に池之家から手を引け、さもなければ仏罰《ぶつばち》が当たり、早死にをする。ま、その時は拙僧が引導《いんどう》を渡してやる。分かったな、長五郎……」

道春は、憐れむように笑った。

「野郎……」

平助が匕首《あいくち》を抜き、道春に突進した。

道春は片膝立ちになり、平助の握る匕首を奪って鋭い投げを打った。

平助は宙を飛び、障子と雨戸を壊して庭に転げ落ちた。

見事な関口流柔術《せきぐちりゅうじゅうじゅつ》の腕だ。

岩田は狼狽《うろた》えた。

清水と二人の浪人が入って来た。

道春は、長五郎を素早く押さえ、肉付きの良い短い首に匕首を突き付けた。

長五郎の首の肉が引き攣り、喉が奇妙な音を鳴らした。

岩田と清水たちは凍《い》て付いた。

「長五郎、池之家から手を引くと約束するな」

道春は迫った。

長五郎は呻《うめ》いた。

「どうなんだ……」

道春は、長五郎の首の肉の間に匕首の刃を入れた。

「わ、分かった。約束する……」

長五郎は、首の肉を震わせないように強張った。

道春は苦笑し、長五郎を突き飛ばした。

長五郎は、無様《ぶざま》に倒れた。

「ではな。南無阿弥陀仏《なむあみだぶつ》……」

道春は手を合わせ、長五郎に会釈をして座敷を後にした。

「お、おのれ、糞坊主《くそぼうず》。叩き殺せ……」

長五郎は、首の肉を怒りに震わせて命じた。

壊れた雨戸の外にいた半兵衛は苦笑し、庭先から表に急いだ。

庭の隅には、気を失った平助が倒れたままだった。

半兵衛は、庭先から寺の裏門を出た。

「旦那……」

音次郎が物陰から現れた。

「道春は……」

「天王寺の方に、親分が追いました」

「そうか……」

道春は、天王寺脇の芋坂から根岸の里を抜けて入谷の瑞真寺に帰るつもりだ。

半兵衛は読んだ。

岩田と清水、二人の浪人が寺の裏門から出て来た。

半兵衛と音次郎は、物陰に隠れた。

岩田たち四人の浪人は、天王寺に急いだ。

「奴ら、道春の命を狙っている。行くよ」

「はい……」

半兵衛は、音次郎を従えて岩田と清水たち浪人を追った。

三

芋坂は月明かりに照らされていた。
道春は、根岸の里に向かって芋坂を下った。
此《これ》で退《ひ》き下がる長五郎ではない……。
道春は想いを巡らした。
悪辣な長五郎の約束がどれ程のものか……。
道春は、長五郎が約束を守ると思っていないし、信じてもいない。
だが、出方を見定める必要はある……。
道春は苦笑した。
追って来る者の気配がした。
来たか……。
道春は、追って来る者に気を集中した。
道春は、根岸の里から入谷の瑞真寺に帰る。
半次はそう読み、暗がり伝《づた》いに道春を追っていた。

男たちが小走りに来る足音が聞こえた。

半次は、木陰に身を隠した。

岩田たち四人の浪人は、半次が隠れた木陰の前を通り抜けて行った。

長五郎の用心棒たちだ。

道春を殺す気だ……。

半次は睨み、岩田たち四人の浪人を追い掛けようとした。

「半次……」

半兵衛と音次郎がやって来た。

「旦那……」

「御苦労だったね。行くよ」

半兵衛は、半次や音次郎と共に道春を狙う岩田たち四人の浪人を追った。

石神井用水の流れは、月明かりに煌めいていた。

追って来る者の気配が消え、重なるように幾つかの足音が聞こえた。

追って来る者は二組なのか……。

道春は戸惑った。

追って来る者たちの足音が迫った。

道春は、石神井用水に架かっている小橋を渡り、石を幾つか拾って木陰に隠れた。

芋坂を四人の浪人が追って来た。

長五郎の用心棒だ……。

道春は見定めた。

岩田と清水たち浪人は、小橋に差し掛かった。

道春は、拾った石を投げた。

先頭にいた清水が石を顔面に受け、鼻血を飛ばして昏倒《こんとう》した。

「清水……」

岩田と二人の浪人は、驚いて立ち止まった。

次の瞬間、闇から飛来した石が浪人の一人の胸に当たった。

浪人は短く呻き、蹲《うずくま》った。

「どうした……」

岩田は狼狽えた。

「い、石が……」

浪人は、小橋の袂に落ちた石を示した。

「石……」

岩田は、小橋の向こうの闇に身構えた。

闇から石が唸《うな》りをあげて飛来《ひらい》した。

岩田は、咄嗟に身を伏せて躱《かわ》した。

半兵衛、半次、音次郎は、石神井用水に架かっている小橋を透かし見た。

小橋の袂に清水が倒れ、浪人が蹲り、岩田たちが石神井用水の向こうの闇を窺っていた。

半兵衛、半次、音次郎は見守った。

石神井用水の向こうの闇には、道春が潜んでいる。

半兵衛は読んだ。

石神井用水のせせらぎの音が響いた。

僅かな刻が過ぎた。

岩田たち浪人は、投石《とうせき》を警戒して凍て付いたままだった。

石神井用水の向こうの闇は沈んだままだ。

半兵衛は眉をひそめた。

「旦那……」

半次は、半兵衛に怪訝な眼を向けた。

「道春、どうやら消えたようだ」

半兵衛は睨んだ。

「えっ……」

半次と音次郎は、顔を見合わせた。

「半次、音次郎、御隠殿《ごいんでん》と三嶋大明神《みしまだいみょうじん》の間を抜けて入谷の瑞真寺に急ぎ、道春が戻るのを見定めてくれ」

半兵衛は命じた。

御隠殿とは、上野《うえの》の宮《みや》の隠居御殿だ。

「承知……」

半次と音次郎は、芋坂を駆け戻って行った。

芋坂を戻り、植木屋の辻から御隠殿前の道を駆け抜けて先廻りをするつもりだ。

半兵衛は、石神井用水に架かる小橋の袂にいる岩田たち浪人を笑った。そして、石を拾って投げた。

石は岩田たち浪人の頭上を越し、眼の前の石神井用水に音を立てて落ち、派手な水飛沫《みずしぶき》をあげた。

岩田たち浪人は、不意の出来事に無様《ぶざま》に狼狽えた。

半兵衛は苦笑した。


入谷の町は寝静まっていた。

道春は足早に進んだ。

追って来た四人の浪人は、長五郎の用心棒だった。

道春は、微かな戸惑いを覚えていた。

四人の浪人は、最初に追って来た者の気配とは違っていた。

最初に追って来た者は誰なのか……。

道春に心当たりはなかった。

何れにしろ、長五郎の用心棒たち以外にも自分を見張っている者がいるのだ。

道春は、想いを巡らしながら入谷鬼子母神前を通って瑞真寺に戻った。

半次と音次郎は、斜向かいの木立《こだち》の陰から見届けた。

瑞真寺の甍《いらか》は、月明かりを浴びて蒼白《あおじろ》く輝いていた。

北町奉行所の中庭には、木洩れ日が揺れていた。

半兵衛は、吟味方与力の大久保忠左衛門の用部屋を訪れた。

「おお、半兵衛。入谷の得体の知れぬ坊主はどうだった」

忠左衛門は、筋張った細い首を伸ばした。

「そいつが得体が知れぬと云うより、面白い坊主ですよ」

半兵衛は小さく笑った。

「面白いだと……」

忠左衛門は白髪眉をひそめた。

「自分は死人の弔いや菩提の供養をするより、生きている者を助け、励まし、功徳を施すのが役目だと云っている坊主でしてね」

「ほう。生きている者を助け、励ますか。して、具体的には何をしているのだ」

「谷中の長五郎と云う博奕打ちの貸元が、料理屋の死んだ旦那が博奕で作った借金の返済に店を引き渡せと、残された女将に迫っていましてね……」

半兵衛は、道春が女将に頼まれて長五郎と遣《や》り合《あ》っている事を告げた。

「成る程、博奕打ちと遣り合うとは、確かに面白い坊主だ」

忠左衛門は、眼尻の皺を増やして笑った。

「はい。それに……」

半兵衛は、道春が老寺男に命じて貧乏な者たちに煎じ薬を只で配っている事も報せた。

「そいつは、中々《なかなか》の坊主だな」

忠左衛門は感心した。

「ええ。弔いや法事で御布施《おふせ》を稼ぐだけの坊主に較《くら》べれば、道春は真っ当な坊主ですよ」

半兵衛は笑った。

「真っ当な坊主か……」

忠左衛門は、戸惑いを浮かべた。

「大久保さま……」

半兵衛は、忠左衛門の戸惑いが気になった。

「半兵衛、寺社奉行、つまり御公儀はその真っ当さが煩《わずら》わしく、得体が知れぬと云っているのかもしれぬ……」

忠左衛門は、厳しさを過ぎらせた。

「真っ当さが煩わしいですか……」

半兵衛は眉をひそめた。

「ああ。道春の真っ当さが目立てば、他の坊主たちの死人相手の荒稼ぎも目立ち、庶民《しょみん》の間に不平不満が湧き出す。御公儀はそうした事になるのを恐れ、芽《め》の内に摘《つ》み取ろうとしている……」

忠左衛門は、鋭い読みを見せた。

「それで、道春を得体の知れぬ坊主に仕立て上げようとしていますか……」

半兵衛は、忠左衛門の読みの続きを読んだ。

「かもしれないと云う事だ」

忠左衛門は苦笑した。

「ええ……」

半兵衛は頷いた。

「で、どうする、半兵衛……」

忠左衛門は、半兵衛を見据えた。

「大久保さま……」

半兵衛は、忠左衛門の腹の内を見定めようとした。

「手を引くなら、月番寺社奉行の松代藩の笠井兵部どのに、手を引くと報せるが……」

忠左衛門は、心配を滲ませた。

「大久保さま、手を引くなら、長五郎との争い、道春がどう始末をつけるか見定めてからにしますよ」

半兵衛は、忠左衛門の心配を余所《よそ》に楽しげに笑った。


入谷瑞真寺の本堂からは道春の読む経が朗々《ろうろう》と響き、境内では老寺男の善八が枯葉を集めて燃やしていた。

「良い声ですね……」

音次郎は感心した。

「ああ、見事な経だな」

半次は苦笑した。

朝の寺の長閑な風景だった。

「よし。音次郎、俺は池之家の様子を見てくる。お前は此処を頼む」

「はい……」

半次は、音次郎を瑞真寺に残して不忍池に向かった。

音次郎は、瑞真寺を見張り続けた。

不忍池の畔には、朝の散策を楽しむ人が行き交っていた。

半次は、不忍池の畔を料理屋『池之家』に向かった。

行く手に茶店が見え、斜向かいの雑木林の奥に料理屋『池之家』が僅かに見えた。

半次は、料理屋『池之家』の周囲に長五郎の手下がいないかどうか窺った。

妙な奴はいない……。

半次は見定め、茶店に入った。そして、茶店の老婆に茶を頼み、縁台に腰掛けて料理屋『池之家』を眺めた。

料理屋『池之家』から粋《いき》な形《なり》の年増が、四歳程の男の子の手を引いて出て来た。

女将のおつやと倅か……。

半次は睨んだ。

粋な形の年増は、男の子の手を引いて不忍池の畔を奥に進んで行った。

「お待ちどおさま……」

老婆が茶を持って来た。

「婆さん、あの年増と子供、池之家の女将さんと倅かな……」

半次は、粋な形の年増と男の子を示した。

「えっ……」

茶店の老婆は、遠ざかって行く粋な形の年増と男の子を眺めた。

「男の子は池之家の春吉《しゆんきち》ちゃんのようだけど、一緒の年増は女将のおつやさんじゃあないよ」

老婆は眉をひそめた。

「えっ……」

半次は戸惑った。

粋な形の年増と春吉は、雑木林の小道に入って行った。

まさか……。

半次は、悪い予感に襲われた。

「婆さん、茶代だ」

半次は、縁台に小粒を置いて粋な形の年増と春吉を追った。

「あっ、お釣り。ま、いいか……」

茶店の老婆は、半次を見送って小粒を懐に入れた。

料理屋『池之家』から下足番が、血相《けっそう》を変えて駆け出して来た。そして、辺りを見廻し、茶店の老婆に駆け寄った。

「婆さん、うちの坊ちゃん、春吉ちゃんを見なかったか……」

下足番は、必死の面持ちで尋ねた。


半次は、粋な形の年増と春吉を追って雑木林の小道に駆け込んだ。

雑木林の小道の先には、茅町《かやちょう》の裏通りが続いていた。

半次は、茅町の裏通りに走り、左右に粋な形の年増と春吉を捜した。

行き交う人の中に、粋な形の年増と春吉の姿は見えなかった。

幼い子供連れで、見えなくなる程、遠くに行った筈はない。

半次は想いを巡らせた。

近所の家に入ったのか、それとも……。

一方に去って行く町駕籠《まちかご》が見えた。

町駕籠の脇には、博奕打ちの平助と痩せた浪人がいた。

町駕籠……。

粋な形の年増は、春吉を抱いて町駕籠に乗っているのかもしれない。

半次は読んだ。

拐《かどわ》かし……。

半次は緊張した。

谷中の長五郎は、粋な形の年増を使って料理屋『池之家』の倅の春吉を拐かしたのだ。

半次は睨み、平助と痩せた浪人に護られた町駕籠を追った。

幼い子供たちの楽しげに遊ぶ声が、鬼子母神の境内から響いていた。

音次郎は、瑞真寺を見張り続けた。

「変わった事はないか……」

半兵衛がやって来た。

「はい。親分は池之家の様子を見に行きました」

音次郎は告げた。

「そうか……」

半兵衛は、静かな瑞真寺を眺めた。

「旦那……」

音次郎は、鬼子母神の方から血相を変えて駆け寄って来る男を示した。

半兵衛は、駆け寄って来た男を見て眉をひそめた。

「池之家の下足番だ……」

駆け寄って来た男は、料理屋『池之家』の下足番だった。

「えっ……」

音次郎は緊張した。

下足番は、血相を変えて瑞真寺に駆け込んで行った。

「旦那……」

「池之家で何か起こったようだ……」

半兵衛は読んだ。

僅かな刻が過ぎた。

厳しい面持ちの道春と下足番が、瑞真寺から出て来て鬼子母神の方に駆け去った。

「行くぞ」

半兵衛は、音次郎を従えて道春と下足番を追った。

四

風が吹き抜け、不忍池の水面に木洩れ日が揺れて煌めいた。

道春は、下足番と料理屋『池之家』に駆け込んで行った。

追って来た半兵衛と音次郎は、雑木林の入口から見送った。

「かなりの事が起きたようだな」

半兵衛は、道春と下足番の様子からそう睨み、辺りを窺った。

不審な奴はいない……。

半兵衛は見定めた。

「旦那、親分、いませんね」

音次郎は眉をひそめた。

「うん。おそらく起こった事に拘わっているのだろう」

半兵衛は読んだ。

「ええ。じゃあ、池之家に何が起きたか、奉公人たちにそれとなく探りを入れてみます」

「頼む……」

半兵衛は、聞き込みに行く音次郎を見送り、雑木林の前の茶店に向かった。

「邪魔するよ」

半兵衛は、茶店の奥にいる老婆に声を掛けた。

「あら、旦那……」

老婆は、半兵衛を覚えており、年甲斐《としがい》もなく科を作って迎えた。

「茶を貰おうか……」

「はい。只今《ただいま》……」

半兵衛は、店先の縁台に腰掛けて雑木林の奥の料理屋『池之家』を眺めた。

料理屋『池之家』には、微かな緊張感が窺われた。

「お待ちどおさま……」

老婆が茶を持って来た。

「うん。婆さん、ちょいと尋ねるが、池之家に何か変わった事はないかな」

半兵衛は茶を飲んだ。

「それが旦那、池之家の春吉、四歳になる子供なんですけど、いなくなったんですよ」

　老婆は声を潜めた。

「子供がいなくなった……」

「ええ。春吉、粋な形の年増と出て行ったんですがね……」

　老婆は告げた。

「粋な形の年増と……」

「ええ。そのまま帰らないそうなんです……」

　老婆は、心配そうに眉をひそめた。

　粋な形の年増は、谷中の長五郎の情婦《おんな》なのかもしれない。

　半兵衛は読んだ。

　谷中の長五郎は、料理屋『池之家』乗っ取りを道春に邪魔されて業《ごう》を煮やし、子供の春吉を拐かして女将のおつやに脅しを掛けた。

　驚いた女将のおつやは、慌てて下足番を道春の許《もと》に走らせたのだ。

　半兵衛は、読みを進めた。

「処で婆さん、此処に岡っ引が来ていなかったかな……」

「岡っ引……」

「ああ……」

「そう云えば、春吉が粋な形の年増と出て行ったのを見て、追い掛けた男の人がいましたけど、その人かな……」

老婆は首を捻った。

「ああ、きっとそいつだ。そうか、春吉と粋な形の年増を追い掛けて行ったか……」

半兵衛は、微かな安堵を覚えた。

半次が追った限り、春吉の行方は突き止められる筈だ。

「で、どっちに行ったのか分かるか……」

「あれは、根津権現《ねづごんげん》の方かな……」

老婆は、根津権現の方を眺めた。

「旦那……」

音次郎が戻って来た。

「音次郎、どうやら池之家の倅、拐かされたようだね」

「はい。女中頭《じょちゅうがしら》に金を握らせて訊いたんですがね。春吉って四歳になる子を無事に返して欲しければ、池之家を売り渡した沽券状《こけんじょう》を作り、道春さんに持って来させろと書いた結び文《ぶみ》が残されていたとか……」

音次郎は告げた。

「沽券状か……」

〝沽券〟とは、売り渡しの証文だ。

拐かした春吉の身代金は、料理屋『池之家』を売り渡したと云う沽券状だった。そして、沽券状を道春に持たせろと云う事は、邪魔をされた恨みを晴らす魂《こん》胆《たん》なのだ。

半兵衛は読んだ。

「どうします、池之家に乗り込みますか……」

音次郎は、身を乗り出した。

「いや。我々が行って、池之家の女将のおつやと道春を今以上、困らせる事もあるまい」

「はい……」

「音次郎、半次が春吉と拐かした粋な形の年増を追ったようだ」

「親分が……」

「うむ。で、ちょいと根津権現の方を見てくる。お前は道春の動きをな」

「はい。承知しました」

半兵衛は、茶店に音次郎を残して根津権現に急いだ。

千駄木《せんだぎ》根津権現に参拝客は少なかった。

半次は、門前町の外れにある黒板塀《くろいたべい》に囲まれた仕舞屋《しもたや》を見張っていた。

町駕籠は、博奕打ちの平助と瘦せた浪人に護られて黒板塀に囲まれた仕舞屋に着いた。

粋な形の年増は、眠っている春吉を抱いて仕舞屋に入った。

平助と瘦せた浪人は、駕籠舁《かごか》きに酒手《さかて》を渡して続いた。

半次は見届けた。

長五郎は、春吉を拐かしてどうする魂胆なのだ。

そして、粋な形の年増は何者なんだ……。

半次は、木戸番屋に走った。

黒板塀に囲まれた仕舞屋は、芸者あがりのおしずと云う名の博奕打ちの貸元の妾《めかけ》の家だった。

半次は、木戸番や周囲の者に聞き込んだ。

おしずを囲っている博奕打ちの貸元は、谷中の長五郎に間違いない。

幼い子の笑い声が、仕舞屋から聞こえた。

春吉……。

今頃、母親のおつやは心配して泣いている筈だ。

それに引き替え、春吉は機嫌良く過ごしている……。

半次は苦笑した。

で、どうする……。

半次は、春吉を助け出す手立てを思案した。

「やあ、半次……」

半兵衛が、木戸番に誘われてやって来た。

「旦那……」

半次は、思わず顔を輝かせた。

「木戸番屋を覗いたら、お前が仕舞屋の事を訊きに来たと聞いてね。で、此処か……」

半兵衛は笑い、黒板塀に囲まれた仕舞屋を眺めた。

「はい。春吉を拐かした長五郎の妾のおしず、博奕打ちの平助、痩せた浪人の三人。他に飯炊《めした》きの婆さんがいるそうです」

半次は告げた。

「よし。私は表から踏み込む。半次は裏から入って春吉をな」

半兵衛は命じた。

「心得ました」

半次は頷いた。

「じゃあ……」

半兵衛は、黒板塀の木戸を開けて入った。

半次が続いた。

半兵衛は、格子戸を開けて廊下にあがった。

「誰だ……」

居間から平助が出て来た。

半兵衛は、平助の首の付け根に十手を鋭く叩き込んだ。

平助は、悲鳴をあげる間もなく気を失って崩れ落ちた。

半兵衛は、居間に向かった。
居間では、痩せた浪人が壁に寄り掛かって居眠りをしていた。
妾のおしずと春吉は、座敷にいるようだ。
「おい……」
半兵衛は、居眠りをしている痩せた浪人を揺り動かした。
痩せた浪人は眼を覚まし、慌てて半兵衛に斬り付けた。
半兵衛は素早く身を沈め、十手を横薙《よこな》ぎに一閃《いっせん》した。
痩せた浪人は、脇腹を打ち据えられて苦しく呻いて蹲った。
半兵衛は、座敷の襖《ふすま》を開けた。
昼寝をする春吉に添い寝をしていたおしずが跳ね起き、匕首を抜いて構えた。
庭先から飛び込んで来た半次が、匕首を構えているおしずを突き飛ばした。
おしずは弾き飛ばされ、壁に激突して倒れた。
半兵衛は、倒れたおしずの手から匕首を取り上げた。
「谷中の長五郎の妾のおしず、池之家の春吉を拐かした罪でお縄にするよ」
半兵衛は、厳しく云い聞かせた。

おしずは項垂れた。

「旦那……」

半次は、昼寝をしている春吉を示した。

春吉は、あどけない寝顔で眠り続けていた。

半兵衛は苦笑した。

音次郎は、茶店から料理屋『池之家』を見張り続けた。

料理屋『池之家』から道春と女将のおつやが出て来た。

女将のおつやは涙を拭《ぬぐ》い、道春に頭を下げて懸命に何事かを頼んだ。

道春は頷き、女将のおつやの肩に手を置いて励ますように何事かを告げ、不忍池の畔に向かった。

女将のおつやは、深々と頭を下げて道春を見送った。

道春は、不忍池の畔を下谷広小路に進んだ。

「婆さん、同心の旦那が戻って来たら、坊さんを追ったと伝えてくれ」

音次郎は、茶店の婆さんに頼んだ。

「あいよ……」

婆さんは頷いた。

音次郎は道春を追った。

音次郎が道春を追って四半刻が過ぎた頃、半兵衛と春吉を負《お》ぶった半次が戻って来た。

「旦那、親分……」

茶店の老婆が駆け寄った。

「おう。どうした、婆さん……」

半兵衛は尋ねた。

「若い衆が坊さんを追い掛けて行ったよ」

「何処に行くか、云っていたか……」

半次は眉をひそめた。

「さあ、其処迄《そこまで》は。あら、春吉ちゃん……」

老婆は、春吉に笑い掛けた。

春吉は、半次の背中で照れたように笑った。

「旦那……」

「うむ。道春の行き先は、おつやに訊けば分かるだろう」

「ええ。じゃあ……」

半兵衛と半次は、料理屋『池之家』に向かった。


「春吉……」

料理屋『池之家』の女将おつやは、泣きながら春吉を抱き締めた。

「おっ母ちゃん……」

春吉は、泣いている母親を見て泣き出した。

半兵衛と半次は微笑んだ。

「旦那、親分さん、ありがとうございました」

おつやは、半兵衛と半次に深々と頭を下げて礼を述べた。

「いや、礼には及ばない。それより女将、春吉を拐かした谷中の長五郎は、此の池之家の沽券状を何処に持って来いと云って来たのだ」

半兵衛は、厳しい面持ちで問い質《ただ》した。

「谷中八軒町の長五郎の家に、道春さまが持って来るようにと……」

「谷中八軒町の長五郎の家か……」

半兵衛と半次は、道春の行き先を知った。

「はい。旦那、親分さん、どうか道春さまをお助け下さい。お願いにございます」

おつやは、半兵衛と半次に頼んだ。

「云われる迄もない。半次……」

「はい。女将、今日は店を閉め、しっかり戸締まりをしているんだぜ」

半次は告げ、半兵衛と共に谷中八軒町の長五郎の家に急いだ。

谷中天王寺門前町は、いろは茶屋に来た客で賑わっていた。

道春は、八軒町にある博奕打ちの貸元谷中の長五郎の家に進んだ。

音次郎は、慎重に尾行た。

長五郎の家は、丸に長の字を書いた腰高障子を開け放っていた。

道春は、長五郎の家の前に佇《たたず》んだ。

長五郎の家から三下たちが現れ、道春を取り囲んだ。

「長五郎に道春が来たと取り次いで貰おう」

「ああ。入りな……」

三下たちは、道春を取り囲んで家の中に誘った。

道春は、不敵な笑みを浮かべて長五郎の家に踏み込んだ。

音次郎は見届けた。


道春は、三下たちに誘われて座敷に入った。

「今、貸元が来る。待っていろ……」

三下は告げた。

「うむ……」

道春は座敷に座り、朗々と経を読み始めた。

「な、何をしやがる……」

三下たちは慌てた。

「黙れ。長五郎とお前たちにありがたい経を読んでやっているのだ。邪魔をするな」

道春は叱り付けた。

三下たちは怯《ひる》んだ。

道春は、再び経を読み始めた。

経は朗々と響いた。

長五郎と浪人の岩田たちがやって来た。

「何の騒ぎだ」

長五郎は、朗々と経を読んでいる道春を睨み付けた。

道春は、長五郎を蔑むように一瞥して経を読み続けた。

道春の経は、長五郎の家の表にも聞こえた。

音次郎は、腰高障子の傍《かたわ》らから家の中を窺った。

「音次郎……」

半次と半兵衛がやって来た。

「親分、旦那……」

音次郎は、安堵を滲ませた。

「やっているな……」

半兵衛は、道春の経を聞いて苦笑した。

道春は、春吉が長五郎の家に捕らわれているなら、自分が来ていると教える為に経を読んでいるのかもしれない。

半兵衛は読んだ。

生きている者を助け、励ますのが坊主の役目か……。

半兵衛は、道春の言葉を思い出した。

道春の経は続いた。


「止《や》めろ、道春。手前……」

長五郎は、怒りを露わにした。

道春は、経を読むのを止めた。

「長五郎、池之家の春吉を返して貰おう」

道春は、長五郎を見据えて告げた。

「煩せえ。道春、池之家の沽券状は持って来たのか……」

「うむ。此処にある……」

道春は、懐から僅かに見える書状を示した。

「渡して貰おう」

「その前に春吉だ」

「糞坊主、愚図愚図《ぐずぐず》云っていると、春吉の命はねえぞ」

長五郎は怒鳴《どな》った。

道春は、僅かに怯んだ。

「な、何だ……」

驚きの声が廊下にあがり、突き飛ばされた三下が座敷に転がり込んで来た。

道春、長五郎、岩田たち浪人は驚いた。

半兵衛が現れた。

「半兵衛さん……」

道春は戸惑った。

「道春さん、春吉は無事におつやの許に帰った。安心するが良い」

半兵衛は微笑んだ。

「春吉は無事……」

道春は、満面に安堵を浮かべた。

「ああ。長五郎、妾のおしずと平助たちは拐かしの罪でお縄にした。お前たちも神妙にするんだね」

半兵衛は嘲笑《あざわら》った。

「おのれ……」

岩田は、半兵衛に斬り掛かった。

半兵衛は、僅かに腰を沈めて刀を一閃した。

岩田は刀を握る腕を斬り飛ばされ、血を振り撒いて倒れた。

半兵衛の鮮やかな田宮流抜刀術《たみやりゅうばっとうじゅつ》だ。

長五郎と残る浪人たちは怯んだ。

「道春さん、もう遠慮は無用だよ」

半兵衛は笑った。

「ありがたい……」

道春は、長五郎に飛び掛かった。

長五郎は、肥った身体で這《は》い蹲《つくば》って逃げた。

「貸元……」

浪人たちと三下たちは、慌てて長五郎を助けようとした。

半兵衛は、立ちはだかって蹴散らした。

三下たちは庭に逃げた。

「神妙にしやがれ」

庭には半次と音次郎が待ち構え、三下たちを十手で叩き伏せて縄を打った。

道春は、抗《あらが》う長五郎を投げ倒した。

「く、糞坊主……」

長五郎は、肥った身体で抗った。

道春は、長五郎の肉に埋もれた首を押さえた。

「て、手前、坊主の癖に人を、人を……」

長五郎は、恐怖に眼を瞠り、嗄《しゃが》れ声を苦しく引き攣らせた。

「南無阿弥陀仏……」

道春は呟《つぶや》き、長五郎の肉に埋もれた首を捻った。

首の骨が鈍《にぶ》く鳴り、長五郎は眼を瞠ったまま息絶えた。

半兵衛は、長五郎の死を見定めた。

「半兵衛さん、私が長五郎の首の骨を……」

「道春さん、どうやら長五郎、急に抗い、逃げ廻ったので心の臓が驚き、止まったようだ」

半兵衛は、道春の言葉を遮《さえぎ》った。

「半兵衛さん……」

道春は戸惑った。

「道春さん、世の中には私たちが知らない方が良い事があってね。ま、後は私に任せ、池之家のおつやに早く無事な顔を見せてやるんだね」

半兵衛は微笑んだ。

吟味方与力大久保忠左衛門は、用部屋で書類に眼を通していた。

「大久保さま……」

半兵衛が訪れた。

「おお、半兵衛、来たか。入るが良い」

「はい……」

半兵衛は、忠左衛門の用部屋に入った。

「得体の知れぬ坊主、道春の一件か……」

「はい……」

半兵衛は、博奕打ちの貸元長五郎が、料理屋『池之家』の倅を拐かして乗っ取りを企んだ事を告げた。

「おのれ長五郎、汚い悪巧《わるだく》みを……」

忠左衛門は、細い首の筋を怒《いか》らせた。

「御安心下さい。長五郎の奴、我らが池之家の倅を助け、踏み込んだのに仰天《ぎょうてん》して、心の臓が止まったようです」

「心の臓が止まった……」

忠左衛門は眉をひそめた。

「ええ。長五郎、肥っていましたからね。心の臓、かなり傷《いた》んでいたのでしょう」

半兵衛は、尤もらしい顔で告げた。

「そうか。それで仰天して心の臓が止まって死んだか……」

「はい……」

半兵衛は、忠左衛門を見据えて頷いた。

「よし。分かった……」

忠左衛門は、長五郎の心の臓が止まった事に道春が絡んでいると気付き、頷いた。

「忝《かたじけの》うございます」

半兵衛は礼を述べた。

「して、道春は如何致している」

「はい。今日も生きている者を助け、励まし歩いているかと……」

半兵衛は微笑んだ。

「うむ。寺社奉行松代藩寺社役の笠井どのには、偕の道春、得体が知れぬ処《どころ》か、極めて真っ当な坊主だったと報せよう」

忠左衛門は笑った。

「はい。眩しい程に真っ当だったと……」

半兵衛は、中庭を眩しげに眺めた。

木洩れ日は煌めいていた。

第三話　片《かた》えくぼ

一

湯島天神《ゆしまてんじん》は参拝客で賑わっていた。

北町奉行所臨時廻り同心白縫半兵衛は、岡っ引の半次や下っ引の音次郎と見廻りの途中、湯島天神で一息入れる事にした。そして、境内の隅の茶店の縁台に腰掛け、行き交う参拝客を眺めながら茶を飲んでいた。

「あっ……」

音次郎は、参拝を終えて帰る客を見て短い声を上げた。

「旦那、親分、ちょいと御免なすって……」

音次郎は、湯呑茶碗を置いて慌ただしく鳥居に走った。

「どうした、音……」

半次は戸惑った。

半兵衛は、怪訝な面持ちで見送った。

音次郎は、湯島天神の鳥居に駆け寄り、参拝を終えて帰って行く者たちの中に誰かを捜した。

おしん……。

音次郎は、帰って行く女たちにおしんを捜した。しかし、おしんはいなかった。

もう帰ったのか、それとも人違いだったのか……。

何れにしろ、おしんはいなかった。

音次郎は、肩を落として境内の隅の茶店に戻った。


「どうも、すいません……」

音次郎は茶店に戻り、半兵衛と半次に詫びた。

「どうした。知り合いでもいたのか……」

半次は尋ねた。

「えっ。ええ、ま、そんな処で……」

「音次郎、その知り合いに逢って、どうするつもりなんだ」

半兵衛は笑い掛けた。

「えっ……」

音次郎は、微かに狼狽えた。

「久し振りに逢ったと、懐かしい昔話でもするのかな」

「いえ……」

音次郎は項垂れた。

「音次郎……」

半次は眉をひそめた。

「詫びるつもりです……」

音次郎は告げた。

「詫びる……」

半次は、思わず半兵衛と顔を見合わせた。

「はい……」

音次郎は頷いた。

「そうか。お前もいろいろあった身だ。不義理をしている相手もいれば、迷惑を掛けた相手もいるだろう。詫びる事があれば、早い方がいいな」

半兵衛は微笑んだ。

「は、はい……」

音次郎は頷いた。

「で、音次郎、その詫びる相手、本当に見掛けたのか……」

半次は尋ねた。

「はい……」

「どんな人だ」

「歳はあっしと同じ二十一で、背丈はあっしの肩ぐらいで、眼が大きくて笑うと右の頰に笑窪《えくぼ》が出来て……」

音次郎の言葉に思い出す苦労は毛筋程《けすじほど》もなく、淀《よど》みなかった。

「音次郎、詫びる相手は女か……」

半兵衛は眉をひそめた。

「はい。おしんって名前の女です」

音次郎は頷いた。

「おしんか……」

「どんな拘わりの女だい……」

「幼馴染《おさななじ》みです」

「はい……」

音次郎は、不動明王《ふどうみようおう》で名高い目黒《めぐろ》の生れで、両親を流行病《はやりやまい》で亡くし、親類を盥回《たらいまわ》しにされ、口減らしで奉公に出された。その奉公先で苛《いじ》められてお店を飛び出し、悪仲間《わるなかま》に入って博奕打ちを気取っていた。

おしんは、音次郎が子供の頃に同じ裏長屋に住んでいた女の子であり、目黒不動の境内で一緒に遊んだ仲だった。そして、おしんは音次郎が奉公先を飛び出した後、江戸の呉服屋に奉公に出ていた。

「じゃあ、もう何年も逢っちゃあいないのか」

「はい。七、八年ぐらいになります」

その七、八年の間におしんの両親は亡くなり、おしんの詳しい行方は分からなくなった。

「して音次郎、そのおしんに何を詫びるのだ」

半兵衛は訊いた。

「はい。奉公していたお店を飛び出す時、それを知ったおしんは止めてくれましてね。ですが俺、粋《いき》がっておしんを突き飛ばし、左脚《ひだりあし》に怪我をさせちまって……」

音次郎は項垂れた。

「そいつを詫びるつもりなのか……」

「はい。俺を思って止めてくれたのに。後で聞いたら、おしん、それから左脚を引き摺《ず》るようになっちまったと。だから俺、詫びようと思って、おしんを捜したんですが……」

「見付からなかったのか……」

「はい」

「そうか。良く分かった。して音次郎、今此処《ここ》で見掛けたおしんらしき女はどんな形《なり》だったのかな……」

半兵衛は尋ねた。

「はい。お店《たな》の女中のような地味な形で、左脚を微かに引き摺っていたような……」

「左脚を引き摺っていたか……」

「はい……」

音次郎は、恥じるように頷いた。

「よし、音次郎。お前の話を聞く限り、おしんは遠くから湯島天神に来たのではなく、此《こ》の界隈《かいわい》にいるようだ。ちょいと捜してみちゃあどうだ」

半兵衛は勧めた。

「えっ。良いんですかい、旦那……」

「ああ。お前が以前捜した時には、自身番や木戸番を使えなかっただろうが、今は違う筈だよ」

半兵衛は促した。

「は、はい。親分……」

「音次郎、旦那が仰《おつしや》ってくれているんだ。幼馴染みのおしんを捜してみな」

半次は頷いた。

「ありがとうございます」

音次郎は、半兵衛と半次に深々と頭を下げた。

「遠くから湯島天神に来たのではなく、此の界隈にいるようだ……」

音次郎は、半兵衛の睨みに従って湯島天神門前町の自身番を訪れた。そして、半兵衛の名と十手を出し、町内の大店におしんと云う住み込みの奉公人がいないか尋ねた。

自身番の店番は、町内のお店の住み込みの奉公人の名簿を調べ、二十一歳になるしんと云う名の女を捜した。

「音次郎さん、しんって名の住み込みの奉公人、一人いるけど……」

店番は眉をひそめた。

「いましたか……」

音次郎は、身を乗り出した。

「ああ。でも、十三歳の子守り娘《こもり》だよ」

「十三の子守り……」

「うん。町内のお店にいるおしんって住み込みの奉公人は、その子守りだけだね」

店番は、申し訳なさそうに告げた。

「そうですか……」

音次郎は肩を落とした。だが、おしん捜しは未だ始まったばかりだ。

音次郎は、気を取り直して店番に礼を云って自身番を出た。

湯島天神の周囲には、湯島門前町の他に湯島同朋町《ゆしまどうぼうまち》、湯島切通町《ゆしまきりどおしまち》、湯島坂下町《ゆしまさかしたまち》などがあり、三組町《みくみまち》から妻恋町《つまごいちょう》に続いている。

よし、未だ未だこれからだ……。

音次郎は、自分を励まして同朋町に向かった。

浅草鳥越川《あさくさとりごえがわ》に架かっている甚内橋《じんないばし》の橋脚《きょうきゃく》に男の死体が引っ掛かった。

鳥越川は三味線堀《しゃみせんぼり》から流れ、鳥越橋の手前で新堀川《しんぼりがわ》と合流し、浅草御蔵《あさくさおくら》の脇から大川《おおかわ》に続いている。

半兵衛と半次は、仏の身許《みもと》を洗った。

身許は直ぐに判明した。

仏は評判の悪い地廻り《じまわ》であり、名前を寅造《とらぞう》と云った。

地廻りの寅造は、浅草聖天町《あさくさしょうでんちょう》に店を構える聖天一家《しょうでんいっか》の身内だった。

半兵衛と半次は引き続き、寅造の身体を検《あらた》めた。

寅造は、手脚に掠《かす》り傷を数多く作り、頭の後ろを割られて死んでいた。

「争っていた処を後ろから殴られた。殺《や》ったのは二人組ですかね」

半次は眉をひそめた。

「いや。争って押し倒された処を石でも拾い、馬乗りになっていた寅造の頭を殴った。もしそうなら、殴られた処は頭の後ろになる……」

半兵衛は読んだ。

「じゃあ、一人で殺した……」

「うむ。そして、血の付いた石を鳥越川に投げ込んで逃げた。そんな処かもしれないな」

「成る程……」

「して、どうして殺されたのかだ」

「ええ。まあ、浅草聖天町の聖天一家に行ってみますか……」

半次は、地廻りの寅造が殺されたのを揉《も》め事《ごと》の挙《あ》げ句《く》だと読んだ。

「うむ。そうだね」

半兵衛は、半次と共に浅草聖天町に向かった。

湯島同朋町、湯島坂下町、湯島切通町……。

音次郎は、幼馴染みのおしんを捜して自身番を尋ね歩いた。だが、おしんは何処にもいなかった。

音次郎は、湯島切通町の自身番を出た。

「おう。音次郎じゃあねえか……」

自身番の向かい側にある木戸番屋の老爺《ろうや》が、音次郎に声を掛けて来た。

「やあ。彦造《ひこぞう》の父っつあん……」

老爺は、木戸番の彦造だった。

「どうした。威勢《いせい》の悪い面《つら》をしやがって、金でも落としたか……」

彦造は笑った。

「落とす程の金はねえよ」

音次郎は腐った。

「ま、茶でも飲んでいけ」

彦造は、音次郎を誘った。

「うん……」

音次郎は、木戸番屋の店先に置かれた縁台に腰掛けた。

「で、何をしているんだ。半兵衛の旦那と半次の親分はどうした」

彦造は、僅かに色の付いた出涸らし茶を音次郎に差し出した。

「忝《かたじけ》ねえ……」

音次郎は、出涸らし茶を飲んだ。

「いえね。今日は事件とは拘わりなしで、知り合いを捜していましてね」

「音次郎の知り合いかい……」

「ええ……」

「此の辺に住んでいるのか……」

「きっと……」

音次郎は頷いた。

「どんな奴だい」

「俺と同じ歳の女で、眼が大きくて笑うと右の頬《ほ》っぺたに笑窪が出来て……」

音次郎は、おしんの人相を告げた。

「そうか。片笑窪の女か……」

彦造は、顔を皺だらけにして笑った。

「ああ。おしんと云って、お店に住み込みで奉公しているんだけど、知らないかな、そんな女。左脚をちょいと引き摺っているんだけどね……」

「お店に住み込み奉公をしていて、眼が大きくて片笑窪で、左脚をちょいと引き摺っているおしんちゃんか……」

彦造は、思い出すように呟《つぶや》いた。

「ああ。知らねえか……」

「そんな女、何処かで見掛けたな……」

彦造は眉をひそめた。

「見掛けた……」

音次郎は、口元に運んだ出涸らし茶の湯呑茶碗を思わず止めた。

「ああ……」

「何処で、湯島切通町でかい……」

音次郎は戸惑った。

湯島切通町の自身番では、町内の大店《おおだな》におしんはいなかった筈だ。

「いや。隣の池之端仲町《いけのはたなかちょう》だ……」

彦造は思い出した。

「池之端仲町……」

池之端仲町は、不忍池の畔の町だ。

「いつだったか池之端仲町で擦れ違った女がいてね。どっちかの脚を引き摺っていて、笑顔で会釈をした時、確か片笑窪だったぜ。うん……」

彦造は、自分の言葉に頷いた。

「そうか、池之端仲町か。助かったぜ、彦造の父っつあん……」

音次郎は、彦造に礼を云って隣町の池之端仲町に急いだ。


浅草広小路は、金龍山浅草寺《きんりゆうざんせんそうじ》の参拝客や遊山《ゆさん》の客で賑わっていた。

半兵衛と半次は、浅草広小路から花川戸町《はなかわどまち》の通りに進んだ。

花川戸町、山之宿町《やまのしゆくちよう》と進むと、浅草聖天町になり、地廻りの聖天一家はあった。

半兵衛は、丸に聖の字を書いた腰高障子を開け放った店を窺った。

聖天一家の土間の長押《なげし》には丸に聖の字を書いた提灯が並べられ、二人の三下が欠伸《あくび》をしながら店番をしていた。

半次が駆け寄って来た。

「分かったか……」

「はい。自身番の番人の話じゃあ、聖天一家の元締は忠兵衛《ちゆうべえ》。お店や露店から細かく見ケ〆料《みかじめりよう》を取っていましてね。此の前、道端で野菜を売っていた百姓が金を払わないってんで、袋叩きにしたそうでしてね。評判は良くありませんぜ」

「所詮は地廻りだ……」

「ええ。じゃあ……」

「うむ。元締の忠兵衛に逢ってみよう」

「はい……」

半兵衛と半次は、聖天一家に向かった。


「邪魔するぜ」

半次は、半兵衛と共に聖天一家に入った。

「あっ。こりゃあ、旦那……」

二人の三下は、巻羽織の半兵衛を腰を低くして迎えた。

「元締の忠兵衛はいるかい……」

半次は訊いた。

「へ、へい。元締に何か……」

三下は、探るような上目遣いで半次を見た。

「いいから呼んできな……」

半兵衛は笑い掛けた。

「へ、へい……」

三下の一人が、慌てて奥に入って行った。

残った三下は、怯《おび》えを滲ませた。

「お前、名前は……」

半次は、残った三下を見据えた。

「仙吉《せんきち》です」

三下は、声を微かに震わせた。

「仙吉、寅造を殺したい程、恨んでいたのは何処の誰だ」

半兵衛は、仙吉にいきなり訊いた。

「えっ。えっ……」

仙吉は狼狽えた。

「こりゃあ、旦那、親分……」

小柄な初老の男が手下を従え、揉み手をしながら奥から出て来た。

「元締の忠兵衛か……」

「へい。旦那は……」

忠兵衛は、半兵衛に侮《あなど》るような眼を向けた。

「私は北町奉行所の白縫半兵衛だ。忠兵衛、手下の寅造が殺された」

「えっ。寅造が……」

「殺された……」

忠兵衛と手下たちは驚いた。

「うむ。昨日の夜から夜明けに掛けて殺されてね。死体が鳥越川に架かる甚内橋に引っ掛かっていた。誰が寅造を殺したか心当たりはないかな……」

半兵衛は、忠兵衛に笑い掛けた。

「こ、心当たり……」

「そうだ。お前や寅造に痛め付けられ、殺してやりたいと恨んでいる者だよ」

「旦那。そんな奴は……」

忠兵衛は、狡猾な笑みを浮かべて言い繕《つくろ》おうとした。

「忠兵衛、誤魔化《ごまか》しは命取りだ」

半兵衛は、忠兵衛を厳しく見据えた。

「旦那……」

忠兵衛は、嗄《しやが》れ声を引き攣らせた。

「寅造は何処の誰を脅し、殺したい程の恨みを買っていたのかな……」

「旦那、寅造が恨まれていたかどうか知りませんが、野郎は今、駒形堂《こまがたどう》の傍に店を開けたばかりの小間物屋《こまものや》に出入《でい》りをしていた筈です」

忠兵衛は苦しげに告げた。

「駒形堂の傍の小間物屋か……」

その辺かもしれない……。

半兵衛は、冷たく笑った。

二

池之端仲町は湯島切通町の隣、不忍池沿いにある町だ。

池之端仲町には料理屋が何軒もあり、仲居、台所女中、下働きなど、女の住み込みの奉公人も多い。

おしんは、やはり呉服屋を辞めて違う処に奉公しているのだ。

音次郎は池之端仲町の町並みを眺め、自身番に向かった。

おしんと云う名の奉公人……。

音次郎は、自身番の店番《たなばん》に尋ねた。

「おしんねえ……」

店番は眉をひそめた。

「ええ。歳の頃は二十歳《はたち》過ぎで笑うと片笑窪が出来、歩く時にちょいと左脚を引き摺るんですがね……」

音次郎は、おしんの特徴を云った。

「片笑窪で左脚をちょいと引き摺る女かい……」

「ええ。見覚えありませんかね」

「さあねえ……」

店番は首を捻った。

池之端仲町の自身番の店番は、余り協力的ではなかった。

仕方がねえ……。

音次郎は、店番に礼を云って池之端仲町の自身番を後にした。

「音次郎さん……」

不忍池に行こうとした音次郎は、呼び止める声に振り返った。

池之端仲町の自身番の番人が追って来た。

「どうかしましたかい……」

音次郎は、怪訝な面持ちで番人を迎えた。

「片笑窪で左脚をちょいと引き摺る女の奉公人だけど……」

番人は眉をひそめた。

「何か知っているんですかい……」

「見掛けた覚えがありましてね」

番人は告げた。

「見覚えがある」

音次郎は、思わず聞き返した。

「ええ……」

番人は頷いた。

「何処でですかい……」

「裏通りにある古長屋《ふるながや》の傍だったけど、ありゃあきっと奉公先に出掛ける時だと思うよ」

「奉公先に出掛ける時……」

音次郎は眉をひそめた。

「うん。巳《み》の刻《こく》四つ（午前十時）頃だったから、仕事は料理屋の仲居って処かな」

店番は、見覚えのある片笑窪で左脚を僅かに引き摺る女は料理屋の仲居であり、池之端仲町の裏通りにある古長屋に住んでいるかもしれないと告げた。

音次郎が睨んだ通り、おしんは既に呉服屋の住み込み奉公を辞め、料理屋で仲居をしながら古長屋で暮らしているのだ。

「そうですか。で、その古長屋ってのは……」

音次郎は、おしんに漸く一歩近づいた思いで古長屋の名と場所を訊いた。


大川には様々な船が行き交っていた。

小間物屋『紅屋《べにや》』は駒形堂の横にあり、新築の木の香りを漂わせていた。

半兵衛と半次は、小間物屋『紅屋』の様子を眺めた。

小間物屋『紅屋』は真新しい紅色の暖簾《のれん》を揺らし、女客が出入りしていた。

「寅造、紅屋に見ケ〆料を出せと云って来たんでしょうね」

半次は読んだ。

「そして、揉めて争いになって殺したか……」

半兵衛は、小さな笑みを浮かべた。

「ないとは云えません」

半次は、厳しさを過ぎらせた。

「そいつは半次、紅屋に訊くのが一番だろう」

「ええ……」

半兵衛と半次は、小間物屋『紅屋』に向かった。


小間物屋『紅屋』の店内では、若い女が年増客に白粉《おしろい》を見せていた。

「邪魔するよ」

半次と半兵衛が、暖簾を潜って来た。

「いらっしゃいませ……」

若い女は、半次と半兵衛に戸惑った眼を向けた。

「北町奉行所の白縫って者だが、ちょいと訊きたい事があってね」

半兵衛は告げた。

「は、はい。お父っつあん……」

若い女は、帳場の奥の居間に声を掛けた。

小間物屋『紅屋』は、父娘《おやこ》でやっている店だった。

「どうぞ……」

父親の宗平《そうへい》は、半兵衛と半次を居間に通して茶を差し出した。

「造作を掛けるね」

「いえ。で、白縫さま。何か……」

宗平は、不安を過ぎらせた。

「うん。開店したばかりなんだね」

半兵衛は、木《き》の香《か》の漂う居間を見廻した。

「はい。三ケ月前に漸く……」

宗平は、行商《ぎょうしょう》の小間物屋を長くやり、漸く店を持ったのだ。

「そうか。そいつは目出度《めでた》い……」

「ありがとうございます」

「して、今日来たのは他でもない。浅草の地廻り聖天一家の寅造、知っているね」

半兵衛は尋ねた。

「は、はい……」

宗平は、緊張した面持ちで頷いた。

「見ケ〆料を払えと云って来たんだね」

「はい……」

宗平は頷いた。

「寅造、幾ら払えと云って来たんだい」

「月一分《いちぶ》です……」

「一分……」

半兵衛は眉をひそめた。

「はい……」

「して、どうした……」

「店を始めたばかり、一分も払えるかどうか分かりません。それで断りました」

「断ったか……」

「はい。そうしたら、何が起こるか分からないと……」

宗平は、微かな怯えを滲ませた。

「寅造、脅して来たか……」

「はい。手前と娘のおくみの身にどんな禍《わざわい》が降り掛かるか見物《みもの》だと、嗤《わら》いながら……」

宗平は、悔しさを滲ませた。

「酷いな……」

「ええ。質《たち》の悪い野郎ですね」

半兵衛と半次は眉をひそめた。

「旦那、どうしたら良いでしょうか……」

宗平は、半兵衛に助けを求めた。

寅造が死んだ事を知らない……。

半兵衛は見定め、宗平への寅造殺しの疑いを解いた。

「旦那……」

半次は頷いた。

宗平は寅造殺しに拘わりはない……。

半次の頷きには、そうした意味が込められていた。

「うむ。宗平、寅造はもう来ないよ」

半兵衛は教えた。

「えっ……」

宗平は戸惑った。

「うん。寅造、殺されたよ」

半兵衛は、宗平に小さく笑い掛けた。

「殺されたって。地廻りの寅造が殺されたんですか……」

「うん……」

「そうですか……」

宗平は、安堵と喜びを露わにした。

「処で宗平、お前の他に寅造に脅されていた者はいないかな……」

「さあ、手前共は何分《なにぶん》にも三月前に此処に来たばかりでして……」

宗平は、申し訳なさそうに首を横に振った。

「そうか。知らないか……」

「はい」

「娘のおくみも知らないかな」

半兵衛は訊いた。

「おくみですか……」

「うむ……」

「今、呼んで参ります」

宗平は、おくみを呼びに店に出て行った。

僅かな刻が過ぎ、娘のおくみが宗平と店番を交代して来た。

「お待たせしました」

「やあ、すまないね……」

「いいえ。寅造が殺されたそうですね」

おくみは、緊張した面持ちで半兵衛を見詰めた。

「うむ。それで、寅造を殺したい程、恨んでいる者を知らないかと思ってね」

半兵衛は笑い掛けた。

「さあ……」

おくみは眉をひそめた。

「知らないか……」

「はい。でも、きっと大勢いますよ。恨んでいる人は……」

おくみは、腹立たしげに吐き棄てた。

何かあった……。

半兵衛の勘が囁いた。

「そうか。処でおくみ、寅造、宗平とお前に禍が降り掛かると云って脅していたそうだが、何があったのかな」

半兵衛は、おくみを見据えた。

「えっ。別に……」

おくみは狼狽えた。

睨み通り、何かがあったのだ……。

半兵衛は見定めた。

「おくみ、旦那は決して悪いようにはしないよ。何でも話すんだね」

半次は、おくみに話すように勧めた。

「はい……」

おくみは、店にいる父親の宗平を気にした。

宗平は、客の相手をしていた。

「あの、お父っつあんが心配するから内緒にしていたんですが……」

おくみは、躊躇《ためら》いがちに話し始めた。

「なんだい……」

「お父っつあんが出掛けている時、寅造が来て、私を……」

おくみは、云い難《にく》そうに言葉を飲んだ。

「手込めにしようとしたのか……」

半兵衛は読んだ。

「はい。でも、音吉《おときち》さんが助けてくれたんです」

おくみは、新たな男の名を出した。

「音吉……」

半兵衛は眉をひそめた。

「はい。此処を建てた大喜《だいき》の大工さんで、棟梁《とうりよう》の指図で不都合な処があれば直すって、時々来てくれているんです。それで……」

「大工の音吉に助けられたか……」

「はい……」

「そいつは、運が良かったな」

「はい。お蔭さまで……」

「それにしても大工の音吉、地廻りの寅造を良く追い払ったね」

「音吉さん、大工になる前、悪い仲間と付き合って博奕打ちを気取っていたそうでしてね。喧嘩には慣れているって苦笑いをしていました」

おくみは微笑んだ。

「そうか。ま、何はともあれ、無事で何よりだったね」

「はい。それで、お父っつあんが心配するから音吉さんにも黙っていてくれと……」

「頼んだのか……」

「はい……」

おくみは頷いた。

「そうか。良く分かった……」

半兵衛は微笑んだ。

大川は滔々《とうとう》と流れていた。

半兵衛と半次は、小間物屋『紅屋』を出て大川の岸辺に立った。

「寅造の野郎、おくみを手込めにし、言い触らされたくなければ、見ケ〆料処《どころ》か店迄掠《かす》め取ろうって魂胆だったのかもしれませんね」

半次は読んだ。

「おそらくね……」

半兵衛は頷いた。

「それにしてもおくみ、運が良かったですね」

「大工大喜の音吉か……」

「ええ……」

「名前にも音の字が付くが、気性も音次郎のような奴だな」

半兵衛は、音吉が悪い仲間と付き合い、博奕打ちを気取っていたのを笑った。

「そう云われてみれば、そうですね」

半次は苦笑した。

「半次、寅造は音吉に追い払われ、そのまま大人しくしていたのかな……」

半兵衛は眉をひそめた。

「旦那……」

「うむ。半次、私たちは寅造を恨んでいる者を捜していたが、逆に寅造が恨んでいて相手を殺そうとしたのかもな……」

半兵衛は読んだ。

「じゃあ、寅造の野郎、恨んでいる相手を殺そうとして、逆に殺《や》られましたか……」

半次は、半兵衛の読みの続きを読んだ。

「有り得ないかな……」

「いいえ。有り得ますよ」

半次は、厳しい面持ちで頷いた。

「よし。聖天一家に戻ろう……」

半兵衛は決めた。

池之端仲町の裏通りに朝顔長屋《あさがおながや》はあった。

朝顔長屋は古く、木戸には朝顔の蔓《つる》が絡み付いていた。

音次郎は、朝顔長屋が池之端仲町の自身番の番人が云っていた古長屋だと見定めた。

番人の見た片笑窪で左脚を僅かに引き摺る若い女は、此の朝顔長屋から出て来たのかもしれない……。

音次郎は番人の言葉を思い出し、木戸の傍から朝顔長屋を覗こうとした。そして、慌てて木戸の陰に身を隠した。

朝顔長屋から地味な形をした若い女が出て来て、木戸の陰にいる音次郎に気付かず足早に通り過ぎて行った。

左脚を僅かに引き摺りながら……。

音次郎は凍て付《いっ》いた。

おしん……。

音次郎は、地味な形の若い女が湯島天神で見掛けた女であり、おしんだと見定めた。

久し振りに見たおしんには、子供の頃の面影が残っていた。

おしんは小さな風呂敷包みを抱え、左脚を引き摺りながら足早に不忍池に向かっていた。

声を掛けられぬまま、音次郎は追った。

不忍池は夕陽に染まり、鳥は群れをなして塒《ねぐら》に帰り始めていた。

おしんは、不忍池の畔を下谷広小路に向かった。

音次郎は尾行た。

もし仲居でもしているのなら、奉公先の料理屋に行くには遅過ぎる……。

音次郎は読んだ。

何処に行くんだ……。

音次郎は、おしんを追った。

おしんは、左脚を僅かに引き摺って先を急いでいた。

おしん……。

音次郎は、七年振りに見たおしんに懐かしさを覚えずにはいられなかった。

夕暮れの不忍池に烏《からす》の鳴き声が響いた。


地廻りの聖天一家の腰高障子に明かりが映え、三下の仙吉が手燭《てしょく》を持って出て来た。

「旦那……」

半次は、手燭の火を軒行燈《のきあんどん》に移している仙吉を示した。

「よし。ちょいと付き合って貰うか……」

半兵衛は、仙吉から寅造の事を詳しく訊き出す事にした。

半次は、仙吉に駆け寄った。

仙吉は驚いた。

半次は、仙吉に何事かを云った。

仙吉は、見守っている半兵衛に怯えた眼を向けた。

隅田川には船行燈《ふなあんどん》の明かりが行き交った。

「寅造の兄貴が恨んでいた奴ですか……」

仙吉は戸惑った。

「うむ。殺したい程にな。いなかったか……」

半兵衛は尋ねた。

「は、はい……」

仙吉は困惑した。

「いるんだな……」

「旦那、親分、寅造の兄貴は紅屋って小間物屋の娘を手込めにしようとしましてね」

仙吉は、覚悟を決めて話し始めた。

「うむ……」

「ですが、音吉って大工に張り飛ばされ、無様に追い返されたんですよ」

仙吉は、寅造を嘲笑った。

「寅造、それで音吉と申す大工を恨んでいたのか……」

「はい。恥をかかせた大工の音吉を必ずぶっ殺してやると……」

「寅造、そう云っていたのに間違いないね」

半兵衛は念を押した。

「はい……」

「よし。御苦労だったな」

半兵衛は、笑みを浮かべて仙吉を労《ねぎら》った。

三

おしんは、左脚を僅かに引き摺りながら下谷広小路から御徒町や三味線堀の武《ぶ》家地《けち》を抜け、元鳥越町《もととりごえちょう》に入った。

音次郎は追った。

元鳥越町に入ったおしんは、鳥越明神の裏手に廻った。

裏手には長屋があった。

おしんは、長屋の様子を窺った。

警戒している……。

音次郎は気が付いた。そして、おしんが警戒しているのに戸惑った。

おしんは、長屋の様子に変わった処がないと見定めたのか、木戸を潜って暗い奥の家に急いだ。

音次郎は見守った。

おしんは、暗い奥の家を窺って中に入った。

音次郎は見届け、長屋を眺めた。

井戸端に晩飯の仕度をするおかみさんは既にいなく、連なる家々には明かりが灯《とも》されていた。そして、おしんが入った奥の家にも明かりが灯された。

おしんが灯したのだ。

音次郎は戸惑った。

おしんの家は、池之端仲町の朝顔長屋だ。

だが、おしんは鳥越明神裏の長屋の誰もいない家に入り、明かりを灯した。

まるで自分の家のように……。

音次郎は眉をひそめた。

誰の家なのだ……。

家の主とおしんは、どのような拘わりがあるのだ……。

そして、おしんは何を警戒しているのか……。

何れにしろ、おしんの身辺で何かが起こっているのだ。

音次郎は睨み、おしんの入った奥の家を見詰めた。

奥の家に灯された明かりは、不安げに揺れていた。

音次郎は、微かな不安を覚えた。


囲炉裏の火は燃えた。

半兵衛、半次、音次郎は、囲炉裏を囲んで湯呑茶碗の酒を飲んだ。

「して音次郎、おしんは見付かったのか……」

半兵衛は、音次郎に尋ねた。

「はい。漸く……」

音次郎は頷いた。

「見付かったか。そいつは良かったな」

半兵衛は微笑んだ。

「はい……」

「それで詫びたのか……」

「いいえ。そいつは未だ……」

音次郎は、浮かない顔で首を横に振った。

「どうかしたのか……」

半兵衛は眉をひそめた。

「は、はい。いえ……」

音次郎は、戸惑いを浮かべた。

「音次郎、何があったか知らないが、良かったら話してみな」

半次は、音次郎に勧めた。

「はい。じゃあ……」

音次郎は湯呑茶碗の酒で喉を湿らせ、おしんを見付けた時からの事を話した。

半兵衛と半次は、おしんが鳥越明神裏の長屋に住む者を訪れたと聞き、思わず顔を見合わせた。

「して音次郎、おしんは鳥越明神裏の長屋の誰の家を訪れたのか、分かったのか

「……」

半兵衛は訊いた。

「ええ。長屋の大家さんにそれとなく訊いたんですが、おしんが行ったのは、音吉って大工の家でした」

音次郎は告げた。

「大工の音吉……」

半兵衛は眉をひそめた。

「ええ。浅草は阿部川町《あべかわちよう》にある大工大喜の大工です」

「旦那……」

半次は、思わぬ成行《なりゆ》きに戸惑った。

「うむ……」

「で、音次郎、その大工の音吉はいたのか……」

半次は、緊張した面持ちで尋ねた。

「そいつが、大工の音吉は家にいないようでしてね。おしんは、半刻《はんとき》（一時間）程、音吉の家にいて池之端仲町の朝顔長屋に帰りました」

「そうか、音吉はいなかったか……」

半兵衛は頷いた。

「旦那、親分、大工の音吉がどうかしたんですかい……」

音次郎は、半兵衛と半次に怪訝な眼差しを向けた。

「うむ。実はな、昨夜遅く、浅草聖天一家の寅造って地廻りが、鳥越川に架かっている甚内橋で殺されてな……」

「聖天一家の地廻りの寅造……」

音次郎は眉をひそめた。

「ああ。それで……」

半兵衛は、地廻り寅造殺しの探索を進めて下手人《げしゅにん》として浮かんだのが、大工の音吉なのだと教えた。

「そんな……」

音次郎は驚き、困惑した。

「うむ。だが、未だ音吉が寅造を殺したとは決まってはいない」

半兵衛は、湯呑茶碗の酒を飲んだ。

「はい……」

「処で音次郎、おしんと大工の音吉、どのような拘わりなのかな」

半兵衛は尋ねた。

「それは……」

音次郎は口籠もった。

「音次郎、おしんと音吉、只の知り合いじゃあないな」

半次は睨んだ。

「きっと……」

音次郎は、強張った面持ちで頷いた。

「ですが旦那、親分。おしんは人殺しや悪党に惚《ほ》れたり、庇ったりするような馬鹿な女じゃありません」

音次郎は、真剣な面持ちで訴えた。

「音次郎、時が過ぎれば、変わる奴がいるのは、お前も分かっている筈だよ」

半次は、厳しい面持ちで告げた。

「は、はい……」

音次郎は項垂れた。

「よし。私と半次は此のまま寅造殺しの探索を続ける。音次郎はおしんを頼む……」

半兵衛は命じた。

「旦那……」

音次郎は戸惑った。

「音次郎、おしんに詫びるのも良い。暫く様子を見守るのも良い。とにかく、おしんの身の為になるようにするんだね」

半兵衛は微笑んだ。

囲炉裏の火は燃え、壁に映る半兵衛、半次、音次郎の影を揺らした。


浅草阿部川町に大工『大喜』はあった。

半兵衛と半次は、大工たちが材木を整えている作業場の脇を通って大工『大喜』の店を訪れ、棟梁の喜平《きへい》に逢った。

音吉は喜平の弟子であり、大工『大喜』に所属している二十五歳の大工だった。

「音吉、昨日から出て来ないので見習《みならい》の若い者を長屋に走らせたんですが、いませんでしてね。あっしも心配しているんですが……」

棟梁の喜平は、白髪眉をひそめた。

「そうですか、音吉、昨日から行方が分からないんですか……」

半次は、音吉がやはり姿を消しているのを知った。

「処で喜平、一昨日《おとい》の夜、音吉は何をしていたのか分かるかな」

半兵衛は尋ねた。

「一昨日の夜ですか……」

「うむ……」

「一昨日の夜は、諏訪町《すわちょう》で新築祝いがありましてね。あっしと音吉も祝いの席に招かれて施主《せしゅ》さんに御馳走になり、亥《い》の刻《こく》四つ（午後十時）に御開《おひらき》になりまして、音吉はあっしを此処に送ってくれて、鳥越明神裏に帰って行きましたぜ」

一昨日の夜、音吉は喜平と諏訪町の新築祝いに出ていた。

「ほう。新築祝いで亥の刻四つ迄ね……」

半兵衛は頷いた。

「じゃあ、音吉が鳥越明神裏の長屋に帰ったのは、亥の刻四つ半（午後十一時）前後になりますかね」

半次は訊いた。

「音吉は酒に強いから足取りもしっかりしていてね。鳥越明神裏の長屋に帰ったのは、おそらく亥の刻四つ半前だよ」

喜平は読んだ。

「そうですか……」

一昨日の亥の刻四つ半前、音吉は地廻りの寅造と争いになって殺した。

半次は読んだ。

「旦那……」

「うむ。して喜平、音吉はどんな奴だい」

半兵衛は訊いた。

「どんなって、餓鬼の頃は悪で博奕打ちを気取っていたけど、根は素直な曲がった事の嫌いな奴でしてね。大工の腕も確かで、今じゃあちょいとした普請《ふしん》は任せていますよ」

喜平は告げた。

「そうか……」

「旦那、音吉、何かしでかしたんですか……」

喜平は心配した。

「そいつが未だはっきりしないのだが。喜平、音吉に女はいるのかい……」

「ええ。仁王門前町《におうもんぜんちょう》の料理屋に女中の通い奉公をしているおしんって娘と所帯を持つ約束をしていますよ」

喜平は、音吉とおしんの仲を知っていた。

「ほう。所帯を持つ約束の娘か……」

音吉とおしんは、夫婦になる約束をした男と女だった。

「旦那……」

半次は眉をひそめた。

「うむ……」

半兵衛の脳裏には、何故《なぜ》か音次郎の顔が浮かんだ。

池之端仲町の朝顔長屋の木戸には、朝顔の蔓が巻き付いて花が咲いていた。

音次郎は、朝顔の花が咲いている木戸の陰からおしんの家を見張ろうとした。

だが、木戸の陰には先客がいた。

先客は、派手な半纏を着た男だった。

何をしているのだ……。

音次郎は、怪訝な面持ちで派手な半纏を着た男を窺った。

派手な半纏を着た男は、木戸の陰に佇んで朝顔長屋を眺め続けた。
僅かな刻が過ぎ、おしんが端の家から出て来た。
おしんは左脚を僅かに引き摺り、木戸を出て不忍池に向かった。
派手な半纏を着た男は、木戸を出ておしんを追った。
おしんを見張っていた……。
音次郎は気が付き、おしんを追う派手な半纏を着た男に続いた。
聖天一家の地廻りか……。
音次郎は、派手な半纏を着た男の素性を読んだ。
不忍池の畔に人影はなかった。
おしんは不忍池の畔に出て、下谷広小路に向かった。
派手な半纏を着た男は、辺りに人がいないのを見定めておしんに駆け寄った。
おしんは、思わずたじろいだ。
「音吉は何処にいる……」
派手な半纏を着た男は、薄笑いを浮かべておしんに尋ねた。
「えっ……」

おしんは戸惑った。

「おしん、お前が大工の音吉の女だってのは、寅造の兄貴が調べあげているんだ。惚《とぼ》けても無駄だぜ。音吉は何処にいる」

派手な半纏を着た男は、薄笑いを浮かべておしんに迫った。

「し、知りません……」

おしんは、必死の面持ちで告げて先に行こうとした。

「待ちな……」

派手な半纏を着た男は、おしんの腕を摑んだ。

「離して下さい」

おしんは、派手な半纏を着た男の手を振り払おうとした。

「一緒に来て貰うぜ」

派手な半纏を着た男は、おしんの身柄《みがら》を押さえて音吉を誘《おび》き出そうとしているのだ。

それは、聖天一家の元締忠兵衛たちが、寅造を殺したのは大工の音吉だと睨んでいる証なのだ。

「嫌です」

おしんは抗った。
「大人しくしな」
派手な半纏を着た男は、おしんの頰を引っ叩《ぱた》いた。
おしんは、短い悲鳴をあげてよろめいた。
男は、おしんを無理矢理に連れ去ろうとした。
刹那、現れた音次郎が、男を突き飛ばした。
男は、不意を衝かれて無様に倒れ込んだ。
音次郎は、おしんを後ろ手に庇った。
「野郎……」
男は、匕首《あいくち》を抜いて音次郎に突き掛かった。
音次郎は、男の匕首を握った腕を抱え込み、激しく殴り付けた。
男は、鼻血を飛ばして仰け反った。
音次郎は、男から匕首を奪い、足を掛けて押し倒した。
男は、仰向けに倒れた。
音次郎は、倒れた男を激しく蹴り飛ばした。
男は、頭を抱えて転がり、逃れようとした。

音次郎は、尚《なお》も激しく蹴飛ばし続けた。

「止めて、音ちゃん……」

おしんの声がした。

音次郎は、思わず蹴飛ばすのを止めた。

派手な半纏を着た男は立ち上がり、よろめきながら逃げた。

音次郎は見送った。

「やっぱり、音ちゃんなのね……」

おしんは、探るように音次郎の背に声を掛けた。

「ああ……」

音次郎は振り返った。

「音ちゃん……」

おしんは、大きな眼で音次郎を見詰めた。

「おしんちゃん……」

「やっぱり、音ちゃんだ……」

おしんは、嬉しそうに笑った。

その右の頬には、笑窪が出来ていた。

「済まなかった……」

音次郎は、子供の頃に左脚に怪我をさせたのを頭を下げて詫びた。

「もう、忘れるぐらい昔の事ですよ」

おしんは、小さく笑った。

「済まない……」

音次郎は再び詫びた。

おしんは、不忍池の煌めく水面を懐かしげに見詰めた。

襟足《えりあし》の解《ほつ》れ髪《がみ》が微風《そよかぜ》に揺れた。

音次郎は、何故かおしんが眩しく思えた。

「音ちゃん、大人になったね」

「えっ……」

「私もいろいろあって大人になったけど……」

おしんは、片笑窪を作って笑った。

「処でおしんちゃん、今の野郎、確か浅草の地廻りだと思うが、何か面倒にでも巻き込まれているのか……」

音次郎は、惚けて尋ねた。

「いいえ。別に……」

おしんは、微かな狼狽を過ぎらせながら否定した。

「じゃあ……」

「きっと私が尻軽女に見えたので、誘って来たのよ」

おしんは苦笑した。

「おしんちゃん……」

「音ちゃん、私、もう直《じき》、人の女房になるんだよ」

おしんは話題を変えた。

「えっ……」

音次郎は戸惑った。

「お嫁に行くんだよ」

「そ、そうか、所帯を持つのか、そいつは目出度いな。で、相手は誰だい……」

「音吉さんって大工……」

おしんは、恥ずかしげに俯いた。

「音吉……」

「ええ。音ちゃんの音と同じ字の音吉さんって大工……」

おしんは苦笑した。

「良い奴なのか……」

「ええ。子供の頃は、音ちゃんと同じに悪い仲間と連《つる》んで、博奕打ちを気取った事もあったって。でも、今じゃあ棟梁も頼りにしている立派な大工なんだよ」

おしんは、嬉しげに告げた。

「そうか。そいつは良かったな……」

音吉は喜んだ。

「音ちゃん、喜んでくれるの……」

「ああ。勿論だ……」

「ありがとう……」

おしんは微笑んだ。だが、何故か右の頰に笑窪は出来なかった。

「おしんちゃん、何処に行くんだ。送るよ……」

「うん……」

おしんは、左脚を僅かに引き摺って歩き出した。

音次郎は続いた。

音次郎とおしんは、煌めく不忍池の畔を下谷広小路に向かった。

下谷広小路は賑わっていた。

音次郎とおしんは、雑踏《ざっとう》を進んで仁王門前町に進んだ。

「此処だよ。奉公先は……」

おしんは、仁王門前町にある料理屋『笹乃井《ささのい》』を示した。

「笹乃井か……」

「ええ。此処《ここ》の通《かよ》い奉公《ぼうこう》の女中をしているんだよ」

「そうか……」

「音ちゃん、逢えて良かった」

おしんは、片笑窪を作って微笑んだ。

「俺もだ。おしんちゃん……」

「じゃあ……」

おしんは、左脚を僅かに引き摺りながら料理屋『笹乃井』の裏手に続く路地に入って行った。

音次郎は見送った。

おしんは、振り向かなかった。音次郎に一度として振り向く事もなく、路地の奥に消え去った。

音次郎は、湧き上がる淋しさを感じずにはいられなかった。

四

鳥越明神裏の長屋に人影はなく、赤ん坊の泣き声が響いていた。

半兵衛と半次は、長屋の奥の音吉の家を訪れた。

音吉の家は薄暗く沈んでいたが、僅かな道具類は綺麗に片付けられていた。

半兵衛は、其処《そこ》に音吉の律儀さと物堅《ものがた》さを感じた。

半次は、狭い土間の台所を調べ始めた。

半兵衛は、火鉢《ひばち》の灰を調べた。

半次が、狭い土間からあがって来た。

「竈《かまど》や流し、昨日今日使った様子はありませんね」

「うむ。火鉢も使われちゃあいない……」

「家に戻らず、何処に隠れているのか……」

半次は眉をひそめた。

「音吉、逆恨みした寅造に襲われ、身を護《まも》ろうと争う内に殺《や》ったのなら、お上にも情けはあるのにな……」

半兵衛は、音吉を憐れんだ。

「はい……」

半次は頷いた。

「半次、音吉の行方を知っているのは、おしんだけなのかもしれないな」

半兵衛は読んだ。

「ええ。きっと……」

半次は頷いた。

「よし……」

半兵衛は、音吉捜しを急ぐ事にした。


半兵衛は、音吉の家を出た。

半次が続いて出て、腰高障子を閉めた。

半兵衛は、厳しい面持ちで長屋の木戸を見詰めていた。

半次は、半兵衛の視線を辿《たど》った。

二人の浪人が木戸の傍にいた。

「旦那……」

半次は緊張した。

「ああ……」

半兵衛は、木戸の傍にいる二人の浪人に向かった。

半次は続いた。

二人の浪人は、素早く木戸から離れて立ち去った。

半兵衛と半次は木戸に急ぎ、裏通りの左右を見廻した。

二人の浪人の姿は、既に何処にも見えなかった。

「旦那……」

「うむ。聖天の忠兵衛が、音吉に放った刺客《しかく》だろう」

半兵衛は睨んだ。

「はい。身内の寅造を殺した奴に仕返しをしてけじめを付けなければ、元締の忠兵衛は裏渡世の笑い物ですからね」

半次は、緊張した面持ちで頷いた。

「笑い物か……」

「裏渡世じゃあ笑い物で済むかもしれないが、堅気《かたぎ》の世の中じゃあ、笑い物だけでは済ませはしない……」

半兵衛は、怒りを滲ませた。

「旦那……」

「何れにしろ、聖天の忠兵衛より先に音吉を見付け出すしかあるまい……」

半兵衛は、己に云い聞かせた。

「ええ……」


仁王門前町の料理屋『笹乃井』の前は、不忍池の中《なか》ノ島《しま》にある弁財天《べんざいてん》や谷中に行く道であり、行き交う人で賑わっていた。

音次郎は、茶店の路地から斜向かいにある料理屋『笹乃井』を見張った。

おしんは、女中働きに忙しいのか、外に出て来る事はなかった。

音次郎は、派手な半纏を着た男を始めとした聖天一家の者たちを警戒した。

今の処、妙な野郎はいない……。

音次郎は、おしんを見張りながら警戒を続けた。

人通りは途絶える事がなかった。

「音次郎……」

半次と半兵衛がやって来た。

「親分、旦那……」

音次郎は迎えた。


不忍池は煌めいた。

音次郎は、半兵衛と半次におしんに逢って詫びた事を告げた。

「そうか……」

半兵衛は頷いた。

「はい。おしん、笑いながら忘れたと云ってくれました」

「片笑窪でか……」

「はい……」

「そいつは良かったな」

おしんは、音次郎を恨んでいなかった。

半兵衛は気付いた。

「はい。それから旦那、親分。聖天一家の地廻りがおしんを押さえて、音吉を誘き出す魂胆です」

音次郎は、腹立たしげに告げた。

「そうか。音次郎、聖天の忠兵衛は音吉に刺客を放ち、見付け次第、殺すつもりだ」

半兵衛は、己の読みを伝えた。

「旦那、親分、音吉を助けてやって下さい」

音次郎は、半兵衛に深々と頭を下げた。

「音次郎……」

半兵衛と半次は戸惑った。

「おしん、音吉と所帯を持つそうです」

音次郎は、静かに告げた。

「やはりな……」

半兵衛は頷いた。

「ですから、おしんの為にも、音吉を助けてやりたいんです。お願いです。旦那、音吉を助けてやって下さい」

音次郎は、必死な面持ちで半兵衛に頼んだ。

「音次郎……」

半次は眉をひそめた。

「俺、おしんを辛い眼に遭わせたくないんです。幸せになって欲しいんです」

音次郎は、今にも泣き出しそうな面持ちで声を震わせた。

それは、おしんに惚れていた。

それは、子供の時から心の何処かで思っていた事であり、気が付かないでいただけなのだ。そして、気が付いた時は遅かった。

「心配するな、音次郎。音吉は必ず助ける」

半兵衛は微笑んだ。


料理屋『笹乃井』の座敷から見える不忍池は、眩しい程に煌めいていた。

「こちらにございます」

半兵衛と半次は、女将に誘われて座敷に入った。

「良い眺めだね」

半兵衛は、縁側の外に見える景色を誉めた。

「それはもう……」

女将は微笑んだ。

「じゃあ女将さん、酒とおしんをね……」

半次は念を押した。

「はい。只今《ただいま》……」

女将は、前以《まえもつ》て半兵衛と半次に説明されているらしく、頷いて座敷から出て行った。

半兵衛は、音吉の居場所を知っているのはおしんだけだと見定め、音次郎を見張りに残して料理屋『笹乃井』を訪れた。

「失礼致します」

女中のおしんが、固い面持ちで酒と肴を運んで来た。

「おう……」

半兵衛と半次は、おしんを迎えた。

おしんは、猪口《ちよく》や箸《はし》、肴《さかな》を置き、徳利《とくり》を手に取った。

「どうぞ……」

おしんは、半兵衛に徳利を差し出した。

「うむ……」

半兵衛は、猪口を差し出した。

徳利が震え、半兵衛の猪口に当たって音を立てた。

おしんは、町奉行所同心の半兵衛が音吉の事で来たと読み、緊張している。

半兵衛と半次は、おしんの酌を受けた。

「おしんだね……」

半兵衛は笑い掛けた。

「はい……」

おしんは、固い面持ちで頷いた。

「私は北町奉行所の白縫半兵衛、こっちは岡っ引の半次だ」

「はい……」

「さあて、おしん。音吉は何処にいるのかな」

半兵衛は訊いた。

「存じません……」

おしんは、半兵衛を睨んだ。

「おしん。音吉は、地廻りの寅造を殺したとして、聖天一家の元締の忠兵衛が討《う》っ手《て》を放った。此のままでは捜し出されて嬲《なぶ》り殺《ごろ》しにされる……」

半兵衛は、静かに告げた。

「白縫さま、音さんは悪くありません。夜更けにいきなり襲われて争いになり、殺されそうになったので無我夢中で転がっていた石で殴っただけなんです。殺すつもりなんかなかったんです。殺されたくなかっただけなんです……」

おしんは、必死に訴えた。

「おしん、音吉は寅造に手込めにされそうになった駒形の小間物屋の娘を助け、恨みを買った。寅造の訳の分からない理不尽《りふじん》な逆恨みをね……」

半兵衛は告げた。

「白縫さま……」

おしんは戸惑った。

「おしん、旦那は音吉を聖天一家の忠兵衛たち地廻りより先に見付け、護ろうとしているんだよ」

半次は説明した。

「護る……」

「うむ。忠兵衛は手下の地廻りは無論、食詰め浪人たちを雇い、音吉を捜している。そいつはおしん、お前も知っている筈だ」

「は、はい……」

おしんは頷いた。

「だから、音吉を先に見付けて護り、忠兵衛の悪事を暴《あば》いて叩き潰すつもりだ」

半兵衛は、小さな笑みを浮かべて穏やかに告げた。

「おしん、旦那は決して悪いようにはしない。信用するんだな」

半次は勧めた。

「旦那、どうしてそんなに……」

おしんは、半兵衛の優しさに困惑した。

「逆恨みの挙げ句に命を狙われている音吉が余りにも気の毒だからね。それに、お前の幸せを願っている者に頼まれてね」

半兵衛は小さく笑った。

「私の幸せを願っている者……」

おしんは眉をひそめた。

「じゃあ……」

おしんは、自分の幸せを願っている者に気が付いた。

「うむ……」

半兵衛は頷いた。

「音ちゃん。いえ、音次郎さんですか……」

おしんは、音次郎が半兵衛の下っ引を務めていると読んだ。

「ああ。お前と音吉の幸せを護ってやってくれと、私に頭を下げて頼んでね」

半兵衛は笑った。

「音ちゃんが……」

おしんは戸惑った。

「うむ。おしん、音次郎はお前に怪我をさせたりして迷惑を掛けたのを詫びたがっていた。そして、お前が幸せになるのを願っている。どうだ、音次郎の願いを叶《かな》えてやってくれないか。此の通り、私からも頼む……」

半兵衛は、おしんに頭を下げた。

「私が幸せになるのが、音ちゃんの願い……」

おしんは、思わず微笑んだ。

右頰に笑窪が出来た。

「旦那、音吉さんは……」

微笑んだおしんの眼から涙が零《こぼ》れ、片笑窪に流れて落ちた。

半兵衛と半次は、女将に見送られて料理屋『笹乃井』を出た。

音次郎が寄って来た。

「どうした……」

半次は、見張っている筈の音次郎が寄って来たのに眉をひそめた。

「茶店に聖天一家の地廻りと浪人どもが……」

音次郎は、斜向かいの茶店を目顔で示した。

半兵衛と半次は、それとなく茶店を窺った。

音吉の家を見張っていた二人の浪人と派手な半纏を着た男が、茶店の隅の縁台に隠れるように腰掛けて茶を飲んでいた。

「おしんを見張り、音吉の行方を突き止めようって魂胆か……」

半兵衛は苦笑した。

陽は沈み、夜が訪れた。

東叡山寛永寺の鐘が亥の刻四つを響かせ、不忍池の水面に波紋を広げた。

人通りは消え、下谷広小路は静けさに覆《おお》われた。

仁王門前町の料理屋『笹乃井』は最後の客も帰り、軒行燈の火を消して暖簾を仕舞った。

通いの奉公人たちが、裏手の路地から出て来てそれぞれの家に帰り始めた。

通いの奉公人の中にはおしんがいた。

おしんは、池之端仲町に足早に向かった。

半次と音次郎は、おしんを護って暗がり伝いに続いた。

おしんは、池之端仲町の朝顔長屋に帰らず尚《なお》も進んだ。

半次と音次郎は続いた。

おしんは、池之端仲町を通り抜けて湯島天神坂下町に進んだ。そして、男坂《おとこざか》の下の家並《やな》みの路地に入った。

路地の奥には、軒の傾いた空き家があった。

「音さん……」

おしんは、空き家の中に入り、暗がりに向かって囁くように呼び掛けた。

「おしんか……」

「ええ……」

窶《やつ》れた面持ちの大工の音吉が、空き家の暗い物陰から現れた。

「音さん……」

おしんは、音吉に駆け寄った。

「どうした、おしん……」

「音さん、私と一緒に北町奉行所の同心の白縫半兵衛さまの処に行こう」

おしんは、音吉に縋《すが》った。

半次が、空き家に入って来た。

「おしん。お前……」

音吉は、顔色を変えた。

「音吉、おしんはお前の為を思って云っているんだ」

「煩《うる》せえ……」

音吉は、怒りに声を震わせた。

「音さん、白縫さまは、寅造が逆恨みで音さんを襲ったのを御存知なんです」

「えっ……」

音吉は戸惑った。

「だから、白縫さまはお上にも情けはあるって、決して悪いようにはしないって……」

おしんは、必死に訴えた。

「音吉、おしんの云う通りだ。それに、忠兵衛の息の掛かった浪人共がお前の命を狙っている。一刻も早く自訴《じそ》した方が良い……」

半次は告げた。

「だ、だけど……」

音吉は混乱した。

二人の浪人と派手な半纏を着た男が入って来た。

「捜したぜ、音吉……」

派手な半纏を着た男が嘲笑った。

二人の浪人が刀を抜いた。

半次は、音吉とおしんを後ろ手に庇って十手を構えた。

二人の浪人は、嘲笑《ちようしよう》を浮かべて半次、音吉、おしんに迫った。

「音吉、おしんを殺されたくなかったら、さっさと命を差し出すんだな」

「手前ら、そんな真似が出来ると思うのかい」

半次は笑った。

「何……」

二人の浪人と派手な半纏を着た男は、眉をひそめて辺りの暗がりを見廻した。

「聖天の忠兵衛の指図《さしず》で音吉を殺しに来たのは良く分かったよ」

半兵衛が、暗がりから現れた。

「お、おのれ……」

二人の浪人は、半兵衛に斬り掛かった。

半兵衛は、僅かに腰を沈めて刀を抜き放ち、閃《ひらめ》かせた。

閃光が二人の浪人に縦横《じゆうおう》に走った。

半兵衛は、刀を静かに鞘に納めた。

二人の浪人が、首から血を振り撒いて回転するように倒れた。

鮮やかな田宮流抜刀術だった。

派手な半纏を着た男は、恐怖に震えて空き家の外に逃げた。

半次が追った。

「やあ。音吉、無事だったかい……」

半兵衛は笑い掛けた。

音吉は両膝から崩れ落ち、がっくりと両手をついて項垂れた。

「白縫さま、音吉さんを、音吉さんを宜しくお願いします」

おしんは、半兵衛に土下座をして頼んだ。

「ああ。心配するな。引き受けたよ」

半兵衛は頷いた。


半次は派手な半纏を着た男を追い、路地から男坂の下の通りに出た。

音次郎が派手な半纏を着た男に馬乗りになり、十手で滅多打ちにしていた。

「音次郎……」

半次は駆け寄り、音次郎を引き離した。

音次郎は、息を荒く鳴らし、肩を激しく上下させていた。

派手な半纏を着た男は、血塗《ちまみ》れになって気を失っていた。


半兵衛は、大工の音吉を大番屋に入れた。

翌日の夜明け、半兵衛は半次と音次郎、捕《と》り方《かた》たちを従えて聖天の忠兵衛の寝込みを襲った。そして、抗う手下の地廻りたちを打ちのめし、音吉殺しを命じた罪で忠兵衛をお縄にした。

半兵衛は、北町奉行所吟味方与力大久保忠左衛門に寅造殺しの経緯を詳しく説明した。

大工の音吉が小間物屋の娘を寅造から助けた事……。

寅造が音吉を逆恨みして殺そうとし、逆に石で殴られて鳥越川に落ち、溺《おぼ》れ死んだのかもしれないと……。

そして、忠兵衛が手下の地廻りに音吉殺しを命じた事などを……。

「ならば半兵衛、一番悪いのは寅造ではないか、音吉は我が身を護っただけだ」

忠左衛門は白髪眉をひそめた。

「はい。仰る通りにございます」

「うむ。ならば大工音吉は無罪放免《むざいほうめん》だ」

忠左衛門は云い切った。

「ははっ。畏《かしこ》まりました」

半兵衛は平伏《へいふく》した。

世の中には私たちが知らぬ顔をした方が良い事もある……。

半兵衛は、おしんと音吉の幸せを願った。
音次郎の為にも……。

第四話　女掏摸《おんなすり》

一

金龍山浅草寺の境内は、参拝客や見物客で賑わっていた。

半兵衛は、半次や音次郎と境内の片隅にある茶店で一息入れていた。

「相変わらずの賑わいですね」

半次は、境内を行き交う参拝客を眺めた。

「ああ……」

半兵衛は、茶を飲みながら頷いた。

「いるんでしょうね、あの人込みに……」

音次郎は眉をひそめた。

「誰が……」

半次は訊いた。

「掏摸《すり》ですよ、掏摸……」

音次郎は声を潜めた。

「掏摸か……」

半次は苦笑した。

「ええ。何人いるやら……」

音次郎は頷き、茶を飲みながら賑わいを見廻した。

「む……」

参拝客を眺めていた半兵衛が、湯呑茶碗を持つ手を口元で止めた。

「旦那、どうかしましたか……」

半次は、半兵衛に怪訝な眼を向けた。

「音次郎がお望みの掏摸だ」

「えっ……」

「半次、あの茶色の羽織を着た旦那を連れて来い。音次郎……」

半兵衛は半次にそう云い、音次郎を従えて茶店を出た。

半次は、本堂に向かっている茶色の羽織を着た旦那に走った。

半兵衛は、鐘楼《しょうろう》の傍を行く粋な形《なり》の年増を呼び止めた。

「ちょいと待ちな……」

粋な形の年増は、鐘楼の陰に入り掛けて振り返った。

音次郎は、素早く粋な形の年増の背後に廻った。

「あら、旦那。何ですか……」

粋な形の年増は、科《しな》を作って半兵衛に微笑み掛けた。

「うん。お前さん、名前は……」

「しまですよ」

粋な形の年増はしまと名乗った。

「しま、おしまか……」

「ええ。で……」

おしまは頷き、半兵衛に話の先を促した。

「うん。おしま、今、茶色の羽織の旦那から掏摸盗《すりと》った物を出して貰おうか……」

半兵衛は笑い掛けた。

「あら、何の事ですか、旦那……」

おしまは小首を傾げた。

「おしま、惚《とぼ》けても無駄だよ」

半兵衛は笑った。

「じゃあ旦那、着物を脱いで裸にでもなりましょうか……」

おしまは、色っぽく笑った。

既に掏摸盗った物は棄てている……。

半兵衛は睨んだ。

「いや。それには及ばない。音次郎、鐘楼の陰を調べてみな」

「はい……」

音次郎は鐘楼の陰を調べ、印伝革《いんでんがわ》の財布を持って来た。

「こいつが落ちていました」

音次郎は、印伝革の財布を半兵衛に差し出した。

「あらまあ、そんな立派な財布を。何処の旦那が落としたんでしょうねえ」

おしまは眉をひそめた。

半兵衛は苦笑した。

おしまは、半兵衛に呼び止められた時、掏摸盗った印伝革の財布を素早く棄てたのだ。

棄てた処を見ていない限り、印伝革の財布は只の落とし物に過ぎない。

おしまは、筋金入りの女掏摸なのだ。

半兵衛は、印伝革の財布を検《あらた》めた。中には二枚の小判と横一寸縦二寸の薄い銅板が入っているのを見定めた。

馬頭羅刹《めずらせつ》……。

薄い銅板には、馬頭羅刹の絵が彫られていた。

馬頭羅刹とは、地獄にいる馬頭で人身《じんしん》の獄卒《ごくそつ》だ。

半兵衛は眉をひそめた。

「旦那……」

半次が、怪訝な面持ちの茶色の羽織を着た旦那を連れて来た。

「やあ。お前さん、何か無くなっている物はないかな……」

半兵衛は尋ねた。

「えっ……」

茶色の羽織を着た旦那は、慌てて懐《ふところ》を探って顔色を変えた。

「何が無くなっているのかな……」

「は、はい。印伝革の財布が……」

茶色の羽織を着た旦那は、狼狽《うろた》えながら告げた。

「何が入っていたかな」

半兵衛は尋ねた。

「二両の小判が……」

「それだけかな」

「いえ。それに御守りが……」

「御守り……」

半兵衛は眉をひそめた。

「はい。馬頭羅刹の絵を彫った小さな銅板が入っている筈です」

茶色の羽織を着た旦那は、仕方がなさそうに告げた。

「うん。じゃあ、此かな……」

半兵衛は、印伝革の財布を出して見せた。

「は、はい。そうです。此です」

茶色の羽織を着た旦那は、微かな安堵を過ぎらせて半兵衛の手から印伝革の財布を取ろうとした。

「慌てるんじゃあない……」

半兵衛は遮《さえぎ》った。

茶色の羽織を着た旦那は戸惑った。

「お前さん、何処の誰なのかな」

半兵衛は尋ねた。

「あっ。手前は本所相生町《ほんじよあいおいちよう》一丁目に店を構えている骨董屋萬古堂《こつとうやばんこどう》の喜多八《きたはち》にございます」

茶色の羽織を着た旦那は、微かな苛立ちを滲ませながら名乗った。

「本所相生町一丁目と云うと一《ひと》つ目之橋《めのはし》の北詰だね」

「左様にございます」

「それにしても、牛頭馬頭《ごずめず》の馬頭羅刹の御守りってのも変わっているな」

半兵衛は、喜多八に笑い掛けた。

「は、はい。変わっていても、手前には験《げん》の良いものでして……」

喜多八は、強張った笑みを浮かべた。

「そうか、良く分かった。じゃあ……」

半兵衛は、印伝革の財布を喜多八に返した。

「ありがとうございます。それで旦那、此の財布は何処に……」

喜多八は印伝革の財布を受け取り、おしまを見ながら半兵衛に尋ねた。

「ああ。鐘楼の陰に落ちていた。気を付けるんだね」

「はい。そうですか、鐘楼の陰ですか……」

喜多八は、おしまを一瞥した。

「そいつがどうかしたか……」

喜多八は、己の印伝革の財布におしまが拘わっていると睨んだ。

半兵衛は気付いた。

「いえ。どうも御造作をお掛け致しました」

喜多八は、半兵衛と半次に頭を下げて足早に立ち去った。

「旦那、私も帰って良いかしら……」

おしまは、科を作って半兵衛に尋ねた。

「ああ、良いとも……」

半兵衛は苦笑した。

「じゃあ……」

おしまは、半兵衛、半次、音次郎に笑顔を振り撒いて、行き交う人の流れに向かった。

「半次、音次郎、おしまをな……」

「承知……」

半次と音次郎は、おしまを追った。

「さあて、本所相生町一丁目の骨董屋萬古堂か……」

半兵衛は、浅草寺の境内を出て吾妻橋《あづまばし》に向かった。

隅田川の流れは、吾妻橋を過ぎて大川と呼ばれている。

半兵衛は、吾妻橋を渡って本所相生町一丁目に向かった。

牛頭馬頭の馬頭羅刹を御守りにする者は滅多にいない。

半兵衛は笑った。

おそらく、馬頭羅刹の彫られた銅板は、割符《わりふ》か何らかの符牒《ふちょう》に違いないのだ。

ひょっとしたら女掏摸のおしまは、馬頭羅刹の彫られた銅板を狙ったのかもしれない。

もしそうだとしたら、おしまは掏摸の腕を誰かに買われて喜多八の懐を狙った。

おしまの背後には何者かが潜んでいる……。

半兵衛は読んだ。
何れにしろ、骨董屋『萬古堂』の喜多八の素性だ。
半兵衛は、大川沿いの道を本所相生町一丁目に急いだ。
東本願寺《ひがしほんがんじ》門前の小さな古い茶店は、墓に供える仏花《ぶつか》や線香《せんこう》も売っていた。
女掏摸のおしまは、小さな古い茶店に向かった。
半次と音次郎は追った。
小さな古い茶店には、総髪《そうはつ》で着流しの侍が縁台に腰掛けて茶を飲んでいた。
おしまは駆け寄り、総髪で着流しの侍の隣に腰掛けて何事かを告げた。
半次と音次郎は見守った。
おしまは、眉をひそめて総髪で着流しの侍と言葉を交わした。
総髪で着流しの侍は頷き、おしまを残して小さな古い茶店を出て行った。
「音次郎……」
半次は、音次郎に追えと指示した。
音次郎は頷き、総髪で着流しの侍を追った。
半次は残り、おしまを見張った。

本所竪川《ほんじよたてかわ》には、荷船《にぶね》の船頭の唄う歌が長閑《のどか》に響いていた。

半兵衛は、本所竪川に架かっている一つ目之橋の袂に佇み、骨董屋『萬古堂』を眺めた。

骨董屋『萬古堂』は本当にあった……。

半兵衛は、喜多八が言い逃れる為に嘘を吐《つ》いたと思っていた。だが、骨董屋『萬古堂』はあった。

半兵衛は、骨董屋『萬古堂』を窺った。

骨董屋『萬古堂』は、戸口近くに壺や置物などが並べられ、奥の帳場は暗かった。

喜多八は帰って来ているのか……。

半兵衛は、暗い帳場を透かし見た。

帳場に人影があった。

「まさか……」

半兵衛は眉をひそめ、骨董屋『萬古堂』に向かった。

半兵衛は、骨董屋『萬古堂』の暖簾を潜った。

「いらっしゃいませ……」

暗い帳場にいた白髪髷《しらがまげ》の老爺は、店に入って来た半兵衛を見て眉をひそめた。

「邪魔をする」

「は、はい。何か……」

老爺は、町奉行所同心の半兵衛に戸惑った。

「ちょいと尋ねるが、此の萬古堂の主はおぬしか……」

「は、はい。手前が主の文六《ぶんろく》ですが……」

白髪髷の老爺は、主の文六だと名乗った。

喜多八は嘘を吐いた……。

半兵衛は見定めた。

「そうか。ならば文六、喜多八と云う奴を知らぬか……」

「喜多八ですか……」

文六は白髪眉をひそめた。

「ま、喜多八が本当の名かどうか分からぬが。背丈は私ぐらいの中年男で茶の羽織を着ているんだが……」

「さあ、知りませんねえ……」

文六は首を捻った。

「そうか……」

まんまとやられた……。

半兵衛は苦笑した。

「旦那、その喜多八、自分が此の萬古堂の主だと云ったんですか……」

「うむ。そんな処だ」

「冗談じゃあねえ……」

文六は、怒りを浮かべた。

「そうだ、文六。馬頭羅刹を彫った小さな銅板を知っているかな」

「旦那、馬頭羅刹って地獄の獄卒の牛頭馬頭の馬頭ですか……」

「うむ……」

「見た事はありませんが、聞いた事はありますよ」

「聞いた事があるか……」

「ええ。何でも牛頭羅刹の銅板もありましてね。盗人《ぬすっと》同士の取引きの時に使われる割符だとか……」

文六は、恐ろしげに囁いた。

「盗人同士の取引きの割符……」

半兵衛は眉をひそめた。


おしまは、東本願寺門前の茶店を出て新堀川に架かっている菊屋橋《きくやばし》を渡り、川沿いの道を南に進んだ。

半次は、慎重に追った。

おしまは、新堀川沿いを南に進んで浅草阿部川町に入った。そして、裏通りの路地に曲がった。

半次は、路地の入口に走った。

おしまは路地を進み、奥にある小さな家に入った。

半次は、路地の入口で見届けた。


下谷広小路は、東叡山寛永寺の参拝客や遊山《ゆさん》の客で賑わっていた。

東本願寺門前の茶店を出た総髪に着流しの侍は、新寺町《しんてらまち》から下谷《したや》廣徳寺《こうとくじ》前を抜けて下谷広小路に出た。

音次郎は、充分に距離を取って追って来た。

総髪に着流しの侍は、下谷広小路の雑踏を抜けて御成街道《おなりかいどう》を南に進んだ。

音次郎は尾行《つけ》た。

神田川に架かっている筋違御門《すじかいごもん》には、多くの人が行き交っていた。

総髪に着流しの侍は、筋違御門の北詰に連なる神田花房町《かんだはなぶさちょう》に来た。そして、船宿《ふなやど》『松葉《まつば》』の暖簾を潜った。

音次郎は見届け、安堵の吐息を洩らした。

総髪に着流しの侍は、船宿『松葉』の客なのか、それとも店の誰かに逢いに来たのかもしれない。

見定め、何処の誰なのか突き止めなければならない……。

音次郎は、船宿『松葉』の見張りについた。

おしまは、五年前から阿部川町の路地奥の家に住んでいた。

半次は、煙草屋の老爺に聞き込みながら斜向かいの路地の入口を見張った。

「で、父っつあん。おしまの生業《なりわい》はなんだい」

半次は、老爺に訊いた。

「ああ。何でも湯島天神や神田明神の小料理屋の雇われ女将をしているって話だぜ」

「へえ、小料理屋の雇われ女将ですかい……」

上手い隠《かく》れ蓑《みの》だ……。

半次は感心した。

「ああ。まあ、噂はいろいろあるけどな」

老爺は、歯のない口元を緩めて笑った。

「へえ。どんな噂かな……」

「聞きたいかい」

「ああ……」

半次は、老爺に小粒を握らせた。

「こいつは済まないな」

老爺は、嬉しげに小粒を握り締めた。

「で、噂ってのは……」

半次は話を促した。

「大店の旦那や旗本の隠居といろいろ深い付き合いをしているとか、博奕打ちだとか、盗人だとか……」

「博奕打ちだとか、盗人……」

「ああ。時々、妙な浪人や遊び人が出入りしていてな」

「へえ。そうなんだ……」

半次は頷いた。

「ま、噂だけどね」

老爺は笑みを浮かべ、握り締めていた小粒を懐に入れた。

「で、父っつあん。おしまは元々何をしていた女なんだい」

「さあ、そいつが分からないんだなあ……」

老爺は、顔の皺を増やして首を捻った。

「そうかい……」

半次は、おしまが巧妙に自分の正体を隠しているのを知った。

半兵衛は、竪川に架かっている一つ目之橋の袂に佇み、骨董屋『萬古堂』の前を行き交う者たちを見守った。

喜多八は、本所相生町一丁目の骨董屋『萬古堂』を知っているから名前を使った。それは、此の界隈に詳しいからに他ならない。

喜多八はいつか必ず通る……。

半兵衛は、見張り続けた。

本所竪川の流れは西陽に輝いた。

二

囲炉裏の火は燃えた。

半兵衛、半次、音次郎は、湯呑茶碗の酒を飲みながら探って来た事を話した。

「おしまと逢った総髪で着流しの侍か……」

半兵衛は眉をひそめた。

「はい。日暮れ迄、神田花房町の船宿松葉を見張ったんですが、出て来ませんでした」

音次郎は告げた。

「って事は、船宿の客じゃあないのかな」

半次は読んだ。

「おそらくな……」

半兵衛は頷いた。

「おしまとどんな拘わりがあるんですかね」

音次郎は眉をひそめた。

「うむ。おしまか。掏摸の他にもいろいろありそうな、得体の知れぬ女だな」

半兵衛は読んだ。

「それにしても旦那。喜多八も人を嘗《な》めた野郎ですね」

半次は、怒りを滲ませた。

「うむ。喜多八って名も本当かどうか……」

半兵衛は眉をひそめた。

「で、馬頭羅刹を彫った銅板、盗人同士の取引きに使う割符ですか……」

「うむ。未だそうと決まった訳じゃあないが、牛頭羅刹を彫った銅板もあり、牛頭馬頭一組の割符の片割れらしいな」

半兵衛は教えた。

「盗人の癖に洒落《しやれ》た真似をしやがって……」

音次郎は吐き棄てた。

「で、旦那。これからどうします」

半次は、半兵衛に出方《でかた》を訊いた。

「そうだね。今の処、事件が起きている訳じゃあないし、暫くどうなるか見守るしかあるまい……」

半兵衛は、湯呑茶碗の酒を飲んだ。

「分かりました。じゃあ、明日から手分けをして……」

半次は頷いた。

「こいつは、何が起こるか楽しみですね」

音次郎は、楽しげに笑いながら半兵衛と半次の湯呑茶碗に酒を注いだ。

半兵衛は苦笑した。


半兵衛は引き続き喜多八を捜し、半次はおしま、音次郎は総髪の着流しの浪人を見張る事にした。

半兵衛は、本所相生町一丁目の骨董屋『萬古堂』に行こうと両国橋《りようごくばし》を渡ろうとした。

「半兵衛の旦那……」

両国橋の西詰の袂にいた托鉢《たくはつ》坊主が、半兵衛に近寄って来て饅頭笠《まんじゆうがさ》をあげた。

「おう。雲海坊《うんかいぼう》じゃあないか……」

托鉢坊主の雲海坊は、岡っ引の柳橋《やなぎばし》の弥平次《やへいじ》の手先として働いている男だ。

「御役目ですかい……」

「うむ……」

「良かったら、お手伝いしますが……」

雲海坊は微笑んだ。

「うん。そうか。雲海坊、柳橋の親分、笹舟《ささぶね》にいるかな」

半兵衛は尋ねた。

柳橋は大川に流れ込む神田川に架かっており、両国広小路の傍にある。

船宿『笹舟』は柳橋の北詰にあり、暖簾を微風に揺らしていた。

半兵衛は、雲海坊と共に船宿『笹舟』の弥平次を訪れた。

「どうぞ……」

女将のおまきが、半兵衛に茶を差し出した。

「造作を掛けるね。戴《いただ》くよ」

半兵衛は、おまきに礼を云って茶を飲んだ。

「それで、半兵衛の旦那、お話とは……」

柳橋の弥平次は、半兵衛を窺った。

「うん。牛頭馬頭を彫った薄い銅板の割符を知っているかな」

半兵衛は、弥平次に訊いた。

「牛頭馬頭を彫った銅板の割符ですか……」

弥平次は眉をひそめた。

「うむ……」

「半兵衛の旦那、上方《かみがた》に閻魔《えんま》の大五郎《だいごろう》って盗人の頭がいましてね。そいつが京、大坂で盗んだお宝を江戸で売り捌《さば》く時、牛頭馬頭の割符を使うって聞いた事がありますす」

弥平次は、厳しい面持ちで告げた。

「上方の盗人の頭、閻魔の大五郎か……」

半兵衛は眉をひそめた。

「ええ。半兵衛の旦那、その牛頭馬頭の割符を何処で……」

「うん……」

半兵衛は、弥平次と雲海坊に事の次第を話して聞かせた。

「成る程、そう云う事ですか……」

「じゃあ親分、その閻魔の大五郎、上方で盗んだお宝を、近々江戸で売り捌くって事ですかい……」

雲海坊は眉をひそめた。

「きっとな……」

弥平次は頷いた。

「ならば、江戸でお宝を売り捌く相手が喜多八と云う事か……」

半兵衛は読んだ。

「ええ。それにしても半兵衛の旦那、女掏摸のおしまと総髪に着流しの侍、何者なんですかね」

「正体は未だはっきりしないが、ひょっとしたら、おしまは喜多八が牛頭馬頭の割符を持っていると睨み、財布を掏摸盗ったのかもな」

半兵衛は睨んだ。

「って事は、おしまや総髪の着流しの侍、閻魔の大五郎が江戸で売り捌こうってお宝を狙っているのかもしれませんね」

弥平次は読んだ。

「うむ。処で花房町の船宿松葉、どんな船宿なのか知っているか……」

「確か去年、代替わりをした筈でしてね。詳しくは……」

弥平次は首を捻った。

「そうか……」

「それで半兵衛の旦那。宜しければ、お手伝いしましょうか……」

弥平次は告げた。

「そいつはありがたいな……」

半兵衛は笑った。


浅草阿部川町の裏通りは、行き交う人も少なかった。

おしまが出掛ける時は必ず路地を通る……。

半次は、煙草屋の老爺におしまを見掛けたかどうか尋ねた。

「いいや。今日は未だ見掛けないぜ」

老爺は、店先の掃除をしながら路地を一瞥した。

「そうか……」

半次は、煙草屋の店先の縁台に腰掛け、おしまの家に続く路地を見張った。

経を読む声が近づいて来た。

托鉢坊主か……。

饅頭笠を被った托鉢坊主が、経を読みながらやって来た。

余り上手い経じゃあない……。

半次は、托鉢坊主の正体に気が付いて苦笑した。

托鉢坊主は経を読むのを止め、饅頭笠をあげて顔を見せた。

「半次の親分……」

雲海坊だった。

「やあ、雲海坊、托鉢か……」

半次は笑った。

「いいえ。半兵衛の旦那に聞きましてね。お手伝いに来ましたぜ」

雲海坊は、半次の隣に腰掛けた。

「そいつは助かるぜ」

「で、おしまは……」

「あの路地の奥の家だ」

半次は、路地を示した。

おしまが路地から現れた。

半次は、咄嗟に雲海坊の陰に隠れた。

おしまは、油断なく辺りに目配りをして表通りに向かった。

「じゃあ親分、拙僧が先に……」

「頼む……」

半次は、面の割れていない雲海坊を先に追わせる事にした。

雲海坊は、饅頭笠を目深に被り直しておしまを追った。

半次は続いた。


本所竪川の流れには、荷船の櫓《ろ》の軋《きし》みが響いていた。

半兵衛は、船頭の勇次《ゆうじ》と共に竪川に架かっている一つ目之橋の袂に佇《たたず》み、骨董屋『萬古堂』の前の通りを眺めた。

通りには様々な人が行き交っていた。

「喜多八、背丈は半兵衛の旦那ぐらいで、茶色の羽織を着た中年男ですね」

勇次は、半兵衛に念を押した。

「うむ……」

半兵衛は頷いた。

勇次は、骨董屋『萬古堂』の前の通りを行き交う男を見守った。

侍、職人、お店者《たなもの》、人足《にんそく》、百姓《ひやくしよう》……。

様々な者が行き交った。

半兵衛は見守った。

「旦那……」

勇次が、戸惑った声で半兵衛を呼んだ。

「どうした……」

「あの一つ目之橋の向こうから来る奴……」

勇次は、一つ目之橋の南詰から来る茶色の羽織を着た男を示した。

睨み通りだ……。

「ああ、喜多八だ……」

半兵衛は、一つ目之橋の南詰から来る茶色の羽織を着た男を喜多八だと見定め、勇次と物陰に潜んだ。

喜多八は一つ目之橋を渡り、骨董屋『萬古堂』を一瞥して回向院《えこういん》に向かって行った。

「あっしが先に……」

「うむ……」

勇次が追い、半兵衛が続いた。

喜多八は、回向院の境内を抜けて松坂町《まつざかちょう》に出た。そして、松坂町にある黒板塀を廻《めぐ》らした仕舞屋《しもたや》に入った。

勇次は見届けた。

「喜多八、此処に入ったか……」

追って来た半兵衛が、黒板塀を廻らした仕舞屋を見上げた。

「ええ。誰が住んでいるのか、ちょいと聞いて来ます」

「頼む……」

半兵衛は頷いた。

勇次は、返事をして聞き込みに走った。

半兵衛は、黒板塀を廻らした仕舞屋の様子を窺った。

黒板塀から見える庭木は、綺麗に手入れがされていた。

金はある……。

大店の隠居でも住んでいるのかもしれない。

半兵衛は、黒板塀を廻らした仕舞屋の住人を読んだ。


神田花房町の船宿『松葉』には客が出入りしていた。

音次郎は、筋違御門の袂から船宿『松葉』を見張った。

「どうだ音次郎……」

柳橋の弥平次の下っ引の幸吉《こうきち》がやって来た。

「幸吉さん……」

音次郎は戸惑った。

「半兵衛の旦那から聞いたよ」

「そうですか……」

「浪人の黒井《くろい》清十郎《せいじゅうろう》、動いていないようだな」

幸吉は、船宿『松葉』を窺いながら訊いた。

「浪人の黒井清十郎……」

音次郎は、怪訝な面持ちで聞き返した。

「ああ。総髪で着流しの侍だよ」

「えっ……」

「松葉に出入りしている船頭の中に、笹舟にも出入りしている奴がいてね。ちょいと訊いたら、松葉の居候《いそうろう》で黒井清十郎だと分かったよ」

「そうですか。居候なんですか……」

「うん……」

幸吉は頷いた。

「幸吉さん……」

音次郎は、船宿『松葉』を示した。

船宿『松葉』から総髪で着流しの侍が出て来た。

「野郎か……」

「はい。黒井清十郎です」

音次郎は頷いた。

黒井清十郎は、神田川北岸の道を両国広小路に向かった。

「よし。追うぜ」

幸吉は、黒井清十郎を追った。

音次郎は続いた。

本所松坂町の黒板塀に囲まれた仕舞屋から、喜多八が出て来る気配はなかった。

半兵衛は見張った。

「旦那……」

勇次が戻って来た。

「誰の家か分かったか……」

「はい。自身番の店番に訊いたんですが、此の家は室町の呉服屋越前屋《えちぜんや》の御隠居の家でした」

勇次は告げた。

「ほう。室町の越前屋の隠居か……」

呉服屋『越前屋』は江戸でも有数の老舗《しにせ》であり、その身代は数万両と噂されていた。

「はい。御隠居の名は宗琳《そうりん》さま。他にはおきちって年増の妾と下男《げなん》夫婦……」

「隠居の越前屋宗琳か……」

「はい。それから、駿河台《するがだい》の撃剣館《げきけんかん》の剣術使いが住んでいるそうです」

勇次は眉をひそめた。

「撃剣館の剣術使いか……」

駿河台にある撃剣館は、神道無念流岡田十松《しんとうむねんりゅうおかだじゅうまつ》が開いた江戸で名高い剣術道場だ。そこで修行した剣術使いとなると、剣客と云っても良い。

「はい……」

「用心棒だな」

半兵衛は苦笑した。

「用心棒……」

「うむ。勇次、自身番の者は、隠居の宗琳が好事家《こうずか》だとは云っていなかったかな」

半兵衛は尋ねた。

「ええ。何でも商売の茶道具、壺や皿の焼物、書画骨董のお宝に目がないそうですよ」

「やはりな。用心棒はお宝目当ての押し込み《おこ》を警戒しての事だ」

「へえ、じゃあ此の家に凄いお宝があるんですか……」

勇次は、仕舞屋を感心したように眺めた。

「おそらくね……」

半兵衛は頷いた。

喜多八は、上方の盗賊閻魔の大五郎が大坂や京で盗んだお宝を手に入れ、呉服屋『越前屋』の隠居宗琳に売ろうとしている……。

半兵衛は読んだ。


両国広小路には見世物小屋《みせものごや》や露店が連なり、大勢の客で賑わっていた。

おしまは、賑やかな両国広小路を抜けて両国橋の袂に佇み、辺りを見廻した。

「誰かを捜しているようですね」

雲海坊は読んだ。

「うん。待ち合わせでもしているのかな」

半次と雲海坊は、おしまを見守った。

おしまは、人待ち顔で両国橋の袂に佇んだ。

僅かな刻が過ぎた。

総髪で着流しの侍が、佇むおしまの許に近づいた。

「半次の親分……」

雲海坊は眉をひそめた。

「うん。神田花房町の船宿にいる筈の侍だ。って事は、音次郎が追って来ている筈だ」

半次は、辺りを窺った。

おしまと総髪で着流しの浪人は、短く言葉を交わして両国橋を渡り始めた。

半次と雲海坊は追った。

「親分……」

音次郎が幸吉と一緒に現れた。

「おう。幸吉、造作を掛けるな」

半次は礼を云った。

「いいえ。野郎は船宿松葉の居候の黒井清十郎って浪人ですぜ」

幸吉は、半次に報せた。

「浪人の黒井清十郎か……」

半次は、おしまと共に両国橋を渡って行く黒井清十郎を見詰めた。

「親分、面の割れていないあっしと雲海坊が先に行きますぜ」

「頼む……」

幸吉と雲海坊が距離を詰め、おしまと黒井清十郎の前後を尾行た。

おしまと黒井清十郎は、両国橋を渡って本所に入り、竪川に架かっている一つ目之橋を渡った。そして、竪川の南岸の道を進んで二つ目之橋の道を南に曲がり、萬徳山弥勒寺《まんとくざんみろくじ》に向かった。

雲海坊と幸吉、そして半次と音次郎は追った。

弥勒寺の門前を抜けると五間堀《ごけんぼり》があり、架かっている弥勒寺橋を渡ると深川北《ふかがわきた》森下町《もりしたちょう》だ。

おしまと黒井清十郎は、北森下町に進んだ。

何処迄行くのだ……。

雲海坊と幸吉、半次と音次郎は追った。

三

五間堀の流れは、本所竪川と深川小名木川《ふかがわおなぎがわ》を結ぶ六間堀《ろっけんぼり》に続いている。

おしまと黒井清十郎は、五間堀に架かっている弥勒寺橋を渡って北森下町に入り、一軒の小料理屋を眺めた。

小料理屋は格子戸を開け、女将らしき年増が掃除をしていた。

おしまと黒井は、物陰から小料理屋を窺った。

半次、幸吉、雲海坊、音次郎は、おしまと黒井を見守った。

おしまは、小料理屋の表の掃除を始めた女将に近づき、何事かを尋ねた。

女将は、申し訳なさそうに頭を下げて何事かを告げた。

おしまは、女将に会釈をして小料理屋の前から離れ、黒井の許に戻った。

二人は言葉を交わし、小料理屋の斜向かいにある蕎麦屋に入った。

「小料理屋の誰かを訪ねたが、留守だったようだな」

半次は読んだ。

「で、蕎麦屋でそいつの帰りを待ちますか……」

幸吉は、その後のおしまと黒井の動きを読んだ。

「きっとな……」

半次は頷いた。

「じゃあ、先《ま》ずは小料理屋ですか……」

「ああ。幸吉と雲海坊は、おしまと黒井を見張ってくれ。俺と音次郎は、自身番で聞き込んで来るよ」

半次は告げた。

「承知……」

半次は、幸吉と雲海坊を残して音次郎と共に自身番に向かった。


「ああ。小料理屋の椿家《つばきや》ですかい……」

北森下町の自身番の店番は、小料理屋を知っていた。

「ええ。年増の女将さんは見掛けたが、旦那はいるんですかい……」

半次は尋ねた。

「ええ。女将はおこん、旦那は喜多八って人ですよ」

店番を告げた。

「旦那は喜多八……」

半次は眉をひそめた。

「親分……」

音次郎は、緊張を過ぎらせた。

「うん……」

北森下町の小料理屋『椿家』の旦那は、喜多八だった。

おしまと黒井清十郎は、喜多八を訪ねて来たのだ。だが、喜多八は留守であり、蕎麦屋で待つ事にしたのだ。

「処で旦那の喜多八、どんな人ですかい……」

「喜多八ですか……」

店番は眉をひそめた。

余り良い感情は持っていない……。

半次は、店番の様子を読んだ。

「ええ……」

「店は女将さんに任せっ放しでね。喜多八は毎日ふらふら出歩いていますよ」

「へえ、毎日ふらふらねえ……」

「ええ。何でも掘出し物のお宝を見付けては、好事家に口利きをして売り買いさせ、口利き料や利鞘《りざや》を稼いでいるそうでしてね。ま、一皮剝けば山師《やまし》か騙《かた》り者《もの》。窩主買《けいずかい》、故買屋《こばいや》だって噂もあるよ」

「故買屋……」

「ええ。盗賊が押し込んで盗んだお宝を買って売り捌いているってね」

「成る程、故買屋か……」

半次は頷いた。

何れにしろ、喜多八が真っ当な者じゃあないのは良く分かった。

女掏摸のおしまと浪人の黒井清十郎は、その喜多八にどんな用があって帰りを待っているのだ。

半次は、想いを巡らせた。


本所松坂町の呉服屋『越前屋』の隠居宗琳の家は、黒板塀に囲まれて静けさに覆われていた。

半兵衛は、勇次と共に宗琳の家を見守った。

黒板塀の木戸が開き、茶色の羽織を着た喜多八が下男に見送られて出て来た。

「それでは、御隠居さまに宜しくお伝え下さい……」

喜多八は、下男に深々と頭を下げて宗琳の家から立ち去った。

「じゃあ、あっしが先に……」

勇次は、喜多八を追った。

半兵衛は続いた。

竪川沿いの道に出た喜多八は、一つ目之橋を渡らずに東、二つ目之橋に向かった。
次は何処に行くのだ……。
勇次は尾行た。
半兵衛は続いた。
喜多八は、二つ目之橋の北詰を通って尚も竪川沿いを進んだ。
此のままでは横川《よこかわ》と交差する……。
勇次がそう思った時、喜多八は横川の手前の花町《はなまち》の裏通りに曲がった。
勇次は続いた。
喜多八は、裏通りにある古い家に入って行った。
勇次は見届け、古い家に小走りに近づいた。
古い家には、『剣術指南　妙見一刀流《みようけんいっとうりゅう》』の下手《へた》な字の看板が掛かっていた。
「剣術指南、妙見一刀流……」
勇次は眉をひそめた。
「ほう。剣術道場か……」

半兵衛がやって来た。

「はい……」

「妙見一刀流か。聞いた事のない流派だな」

半兵衛は苦笑した。

道場の中から男たちの笑い声がした。

半兵衛と勇次は、武者窓《むしゃまど》から道場の中を覗いた。

道場には剣術の稽古をしている者はいなく、隅で喜多八と二人の浪人が酒を飲んでいた。

「剣術の道場と云うより、食詰め浪人の溜り場だな」

半兵衛は苦笑した。

「喜多八、何をしようってんですかね」

勇次は眉をひそめた。

「用心棒を雇いに来たんだろう」

半兵衛は睨んだ。

「用心棒ですか……」

「うむ……」

喜多八は、上方の盗賊閻魔の大五郎との取引きが近づき、女掏摸のおしまが現れたのを警戒し、二人の食詰め浪人を用心棒に雇ったのだ。

半兵衛は、喜多八の腹の内を読んだ。

喜多八と二人の浪人は立ち上がった。

半兵衛と勇次は、武者窓から離れた。


喜多八は、二人の食詰め浪人と来た道を戻り、竪川に架かっている二つ目之橋を渡った。

勇次は追い、半兵衛が続いた。


昼下りの裏通りに人気《ひとけ》は少なかった。

半次、幸吉、雲海坊、音次郎は、蕎麦屋にいるおしまと黒井清八十郎を見張った。

おしまと黒井清十郎は、蕎麦屋の窓から小料理屋『椿家』を見張り続けた。

「親分……」

音次郎が弥勒寺橋を示した。

半次は、音次郎の視線を追った。

喜多八が、二人の食詰め浪人と笑いながら弥勒寺橋を渡って来た。

「喜多八……」

半次は見定めた。

「野郎が喜多八ですかい……」

幸吉は、喜多八を見詰めた。

「ああ……」

「一緒の浪人共は用心棒かな……」

雲海坊は睨んだ。

「きっとな……」

幸吉は頷いた。

「さあて、お待ち兼ねのおしまと黒井が何をするのか……」

半次は、蕎麦屋を眺めた。

喜多八と二人の浪人は、言葉を交わしながら小料理屋『椿家』に向かった。

蕎麦屋から、黒井清十郎が出て来た。

おしまはどうした……。

半次は眉をひそめた。
黒井は、ゆったりとした足取りで喜多八と二人の浪人に向かった。
喜多八と二人の浪人は、小料理屋『椿家』に近づいた。
何をする気だ……。
半次、幸吉、雲海坊、音次郎は、緊張した面持ちで見守った。
おしまが、蕎麦屋の戸口に現れた。
黒井と喜多八たちが擦れ違った。
刹那、黒井は喜多八に抜き打ちの一刀を放った。
喜多八は太股《ふともも》を斬られ、血を飛ばして前のめりに倒れた。
「お、おのれ……」
二人の浪人が驚き、慌てて刀を抜こうとした。
黒井は、遮るように刀を閃《ひらめ》かせた。
二人の浪人は、血を振り撒いて呆気《あっけ》なく倒れた。
黒井は、倒れて踠《もが》いている喜多八を引き摺り起こした。
喜多八は苦しく呻《うめ》いた。
「喜多八、割符は貰う」

黒井は、喜多八の懐から印伝革の財布を奪い取ろうとした。

「人殺し、人殺しだ」

雲海坊が騒ぎ立て、音次郎が呼子笛《よびこぶえ》を吹き鳴らした。

半次と幸吉が十手を翳《かざ》して現れた。

そして、喜多八を追って来た半兵衛が、弥勒寺橋から駆け寄って来た。

「おのれ……」

黒井は僅かに狼狽え、駆け寄って来た半兵衛に斬り掛かった。

半兵衛は躱《かわ》し、抜き打ちの一刀を放って擦れ違った。

黒井の刀を握る腕の袂《たもと》が、斬られて垂れ下がった。

「何故、喜多八の命を狙う」

半兵衛は、黒井を見据えた。

黒井は怯《ひる》み、身を翻《ひるがえ》して逃げた。

半次と幸吉は追った。

半兵衛は、倒れている喜多八と二人の浪人の様子を窺った。

喜多八と二人の浪人は、血に塗《まみ》れて苦しく呻いていた。

「旦那……」

雲海坊と音次郎が駆け寄って来た。

「音次郎、医者を呼んで来い」

半兵衛は命じた。

「はい……」

音次郎は走った。

「旦那、喜多八たちを椿家に運びます」

「椿家……」

「ええ。喜多八の店です」

雲海坊は、小料理屋『椿家』を示した。

「頼む……」

半兵衛は、喜多八と二人の浪人を雲海坊と駆け付けて来た木戸番たちに託し、蕎麦屋に向かった。

蕎麦屋の前では、勇次が半兵衛に命じられておしまを押さえていた。

「やあ。おしま……」

半兵衛は、おしまに近づいた。

「旦那……」

おしまは、強張った笑みを浮かべた。

「いろいろ訊かせて貰おうか……」

半兵衛は笑い掛けた。


五間堀の流れは緩やかだった。

おしまは、五間堀の堀端にしゃがみ込んで吐息を洩らした。

「おしま、喜多八を襲った狙いは、財布の中の馬頭羅刹の銅板だね」

半兵衛は尋ねた。

「さあ、どうかしら……」

おしまは、最後の足掻《あが》きを見せた。

「馬頭羅刹の銅板は、上方の盗賊閻魔の大五郎が盗んだお宝を江戸で売り捌く相手に渡す割符。その割符を奪い盗ろうってのは、おしま、閻魔の大五郎が売り捌く手筈《てはず》のお宝を喜多八に代わって戴こうって魂胆かな」

半兵衛は、おしまの腹の内を睨んでみせた。

「旦那……」

おしまは、半兵衛の睨みに狼狽えた。

睨み通りだ……。

「盗賊の閻魔の大五郎相手に何故、そんな危ない真似をするんだい」

半兵衛は尋ねた。

「さあ……」

おしまは、淋《さび》しげな笑みを浮かべた。

「閻魔の大五郎を出し抜く魂胆なら、一口乗ってもいいのだがな……」

半兵衛は笑った。

「旦那……」

おしまは戸惑った。

「どうだ、おしま。何故、危ない真似をするのか話してみないか……」

「旦那、私の父親は駿河で茶問屋《ちゃどんや》を営んでいたのですが、十五年前に閻魔の大五郎たちの押し込みに遭って殺されましてね」

「閻魔の大五郎に泣かされた身だったのか……」

半兵衛は眉をひそめた。

「ええ。それで店は潰れ、私は母親と江戸にいる親類を頼って来たのですが、上手くいかず、気付いた時には母親は重い病に罹《かか》り、私はいろいろ惨《みじ》めな思いをして、母親が死んだ時には、他人様《ひとさま》の懐を狙う立派な女掏摸……」

おしまは、己を嘲《あざけ》るような笑みを浮かべた。

そこには、泥水《どろみず》を啜り、惨めに生きて来た女の哀しさと恨みがあった。

半兵衛は、おしまが女掏摸になり、盗賊閻魔の大五郎に恨みを抱いた理由を知った。

「それで、閻魔の大五郎の取引きの邪魔をしようとしているのか……」

「ええ。掏摸仲間から閻魔の大五郎が盗品を江戸で売り捌く仕掛けを聞き、ちょいと調べてみたら喜多八が浮かびましてね」

「それで喜多八の持っている牛頭馬頭の銅板の割符を奪い、大五郎の盗品を横取りしようと企てたか……」

「ええ。閻魔の大五郎にとっては大した事じゃあないかもしれませんが、私にしてみれば、恨みの一太刀……」

おしまは、堀端《ほりばた》の小笹《こざさ》の葉を採って五間堀の煌めく流れに落とした。

小さな笹の葉は、五間堀の煌めく流れに揺れた。

おしまは、眩しげに眼を細めて見送った。

「処でおしま、喜多八たちを斬って逃げた浪人は誰なんだ」

「ああ。あの人は黒井清十郎って浪人ですよ」

「黒井清十郎か……」

「ええ。私にしつこく言い寄っていましてね。閻魔の大五郎を出し抜く手伝いをさせているだけで、喜多八たちを襲ったのも、私の指図。私に惚れたのが運の尽き。気の毒に、悪いのは私なんです。旦那、見逃してやって下さい」

おしまは、半兵衛に頭を下げて頼んだ。

「おしま、如何《いか》に悪党でも斬った相手は三人だ。見逃す訳にはいかない」

半兵衛は苦笑した。

「ですが……」

「して、どうするおしま……」

半兵衛は、話題を変えた。

「えっ、何がですか……」

おしまは戸惑った。

「未だ、盗賊の閻魔の大五郎を出し抜く気はあるのかな……」

半兵衛は、穏やかに微笑んだ。

町医者は、喜多八と二人の浪人の手当てをして帰った。

「どうだ……」

半兵衛は、雲海坊に尋ねた。

「三人共、命に別状ありませんよ」

雲海坊は笑った。

「じゃあ、喜多八と話は出来るな」

「ええ。太股を斬られて動けませんが、話は幾らでも……」

雲海坊は頷いた。

「よし……」

半兵衛は、小料理屋『椿家』の奥の部屋に入った。

喜多八が横になっていた。

「やあ。喜多八……」

「だ、旦那……」

喜多八は、身を起こそうとした。

「それには及ばないよ」

半兵衛は、喜多八を寝かせながら懐から財布を抜き取った。

「旦那……」

喜多八は焦った。

半兵衛は、財布から馬頭羅刹を彫った銅板を取り出した。

喜多八は緊張した。

「こいつが、閻魔の大五郎との取引きに使う割符だな」

「えっ、ええ……」

喜多八は、観念したように頷いた。

「ならば、閻魔の大五郎との取引き、いつ何処でどんな具合にやるのか、詳しく教えて貰おうか……」

半兵衛は、楽しげに笑った。

四

明日、午《うま》の刻《こく》九つ（正午）、取引きの場所は品川御殿山《しながわごてんやま》下の料理屋『桜花亭《おうかてい》』……。

喜多八は、閻魔の大五郎との取引きの日時と場所を白状した。

「喜多八、嘘偽りはないな」

半兵衛は念を押した。

「はい……」

喜多八は観念した。

上方の盗賊の閻魔の大五郎は、京の由緒《ゆいしょ》ある寺社や公家の屋敷に押し込み、金は云うに及ばず、六歌仙《ろっかせん》や藤原定家《ふじわらのていか》などの歌や書、名のある陶工の作った壺や茶碗、絵師や仏師《ぶっし》の絵や仏像などのお宝も盗んでいた。そして、足が付くのを恐れ、江戸で売り捌いていた。

「よし。ならば、後は大人しく養生《ようじょう》していろ。お前の稼業《かぎょう》についてはそれからじっくり調べてやるよ」

半兵衛は言い渡した。

喜多八は項垂れた。

「半兵衛の旦那……」

黒井清十郎を追った幸吉が戻って来た。

「どうした……」

「はい。喜多八たちを斬って逃げた黒井清十郎ですが、逃げた先を突き止めました」

「何処だ……」

「神田明神門前の居酒屋に。半次の親分が見張ってます」

「よし……」

半兵衛は頷いた。

半兵衛は、おしまを浅草阿部川町の家に帰し、勇次と音次郎を見張りに付けた。そして、喜多八の寝込む小料理屋『椿家』には雲海坊を張り付けた。

神田明神門前の盛り場には火の灯された提灯が揺れ、行き交う酔客で賑わった。

半兵衛と幸吉は、酔客の賑わいの中を一軒の居酒屋の前に進んだ。

「旦那、幸吉……」

半次が、居酒屋の斜向かいの路地から現れた。

「黒井清十郎は……」

半兵衛は尋ねた。

「未だ酒を飲んでいますよ」

半次は告げた。

「客は他にもいるのか……」

「はい……」

半次は頷いた。

「黒井清十郎、帰るとしたら神田花房町の松葉って船宿だな」

半兵衛は読んだ。

「きっと……」

幸吉は頷いた。

「よし。帰り道にお縄にしよう」

半兵衛は決めた。

半次と幸吉は頷いた。

刻が過ぎ、居酒屋には客が出入りした。

黒井清十郎が出て来た。そして、辺りを油断なく窺い、不審な者はいないと見定め、盛り場を抜けて神田川に向かった。

斜向かいの路地から半次と幸吉が現れ、黒井を追った。

黒井清十郎は、神田川に架かっている昌平橋《しょうへいばし》の北詰に出た。

此のまま神田川の北岸を東に進めば神田花房町であり、黒井が居候している船宿『松葉』がある。

黒井は、神田川沿いの道を花房町に向かおうとした。

半兵衛が行く手に現れた。

黒井は、咄嗟に背後を窺った。

背後には半次と幸吉がいた。

黒井は怯んだ。

「黒井清十郎、神妙にお縄を受けるんだね」

半兵衛は笑い掛けた。

「だ、黙れ……」

黒井は、嗄れ声を引き攣らせて刀の柄《つか》を握った。

「黒井、おしまは何もかも話した。それに喜多八たちも命に別状はない。此以上、馬鹿な真似をすれば命取りだよ」

半兵衛は言い聞かせた。

「命取り……」

「小悪党《こあくとう》相手と違い、町方同心相手に刀を抜けばどうなるか、覚悟するんだね」

半兵衛は、黒井を憐れんだ。

黒井は、刀の柄から手を離して苦笑した。

「黒井、そいつが利口だよ」

半兵衛は笑った。

黒井清十郎は覚悟を決め、大人しくお縄を受けた。

神田川の流れの音は、夜の静けさに微かに響いていた。


品川御殿山は、八代将軍吉宗《よしむね》が桜の名所にした処だ。

料理屋『桜花亭』は、東海道沿いの品川歩行新宿《しながわかちしんしゆく》三丁目にある大横丁《おおよこちょう》の奥、御殿山の麓《ふもと》にあった。

午の刻九つ。

御殿山近くの寺が鐘を鳴らした。

半兵衛は、巻羽織を脱いで着流しの浪人を装い、おしまと共に料理屋『桜花亭』を訪れた。

「いらっしゃいませ……」

料理屋『桜花亭』の大年増の女将が、半兵衛とおしまを出迎えた。

「深川は椿家の者ですが、上方からお見えの大五郎さまは……」

おしまは尋ねた。

「お見えにございます。さあ、お上がり下さい」

大年増の女将は、おしまと半兵衛を離れ座敷に誘った。

おしまと半兵衛は、閻魔の大五郎の待つ離れ座敷に向かった。

料理屋『桜花亭』は、春には咲き誇る桜を楽しめる店なのだ。

おしまと半兵衛は、誰もいない離れ座敷に通された。

離れ座敷の庭から御殿山が見えた。

「只今、お茶を……」

大年増の女将は立ち去った。

おしまは、背後に控えた半兵衛を振り返って何かを云おうとした。

半兵衛は制し、襖の閉められた次の間を示した。

何者かが潜んでいる……。

半兵衛は目顔で告げた。

おしまは頷き、向き直った。

盗賊閻魔の大五郎は、必ず何処かから様子を窺っている……。

半兵衛の勘が囁《ささや》いた。

仲居が茶を持って来て、僅かな刻が過ぎた。

「やあ、お待たせしましたね」

大柄な中年男が、庭先から座敷に上がって来た。

閻魔の大五郎……。

半兵衛は、大柄な中年男を見詰めた。

大柄な中年男が上座《かみざ》に座った時、戸口から小柄な初老の男と浪人が入って来て控えた。

「で、お前さんは……」

大柄な中年男は、おしまを見据えた。

「私は喜多八の女房でこん。これなるは用心棒の黒井清十郎と申します……」

おしまは名乗り、半兵衛を引き合わせた。

「閻魔の大五郎のお頭《かしら》にございますね……」

おしまは、大柄な中年男を見詰めた。

「ああ……」

大柄な中年男は頷いた。

「で、喜多八さんはどうしたのです」

「それが昨日、足に大怪我をしまして、女房の私が此を預かって代わりに参りました」

おしまは、懐から袱紗《ふくさ》に包んだ薄い銅板を出し、閻魔の大五郎の前に置いた。

薄い銅板には、馬頭羅刹が彫られていた。

閻魔の大五郎は、同じ大きさの銅板を並べて置いた。

銅板には牛頭羅刹が彫られていた。

地獄の獄卒の牛頭馬頭の割符が揃った。

「どうやら間違いはないようだね」

大五郎は笑みを浮かべた。

「はい。それで品物は……」

おしまは微笑んだ。

「おい……」

大五郎は、戸口に控えた小柄な初老の男を促した。

小柄な初老の男は進み出て、大五郎に桐箱を差し出した。

大五郎は桐箱の蓋を取り、中から能面《のうめん》を出して見せた。

「快慶《かいけい》の彫った能面……」

大五郎は、おしまと半兵衛の反応を探るように告げた。

快慶は鎌倉時代の仏師であり、運慶《うんけい》と作った東大寺南大門の仁王像が名高い。

そして、快慶の彫った能面は滅多になく、高値で取引きされているお宝だった。

「快慶の能面……」

おしまは眉をひそめた。

「ああ。喜多八さんは、五百両を出すお客がいると報せて来たが……」

大五郎は、おしまを見据えた。

「そいつは本当だ……」

半兵衛は告げた。

「ほう。お前さん、知っているのか……」

「うむ。喜多八から聞いている。して、快慶の能面、出処《でどころ》は……」

半兵衛は尋ねた。

「京の都は、東山《ひがしやま》の古寺《ふるでら》の金貸し坊主が、貧乏公家から借金の形《かた》に無理矢理に取ったお宝でな……」

大五郎は、狡猾な笑みを浮かべた。

「お頭……」

小柄な初老の男が制した。

「う、うむ……」

大五郎は眉をひそめた。

「成る程、で、その古寺に押し込んで金と一緒に盗んで来たか……」

半兵衛は読み、苦笑した。

「で、どうします。買う気があるのなら、此からでも客の処に持参しますが……」

小柄な初老の男は、笑みを浮かべた。

「それには及ばない……」

半兵衛は苦笑した。

「なに……」

小柄な初老の男は笑みを強張らせ、半兵衛に陰険《いんけん》で狡猾な眼を向けた。

「閻魔の大五郎、江戸の町奉行所は甘くはないし、手荒いよ」

半兵衛は、小柄な初老の男に笑い掛けた。

盗賊閻魔の大五郎は、小柄な初老の男なのだ。

半兵衛は、十五年前におしまの父親を殺した閻魔の大五郎が中年ではなく、既に初老だと睨んでいた。

大五郎は、素早く身を翻そうとした。

刹那、半兵衛は大五郎を引き倒し、脾腹《ひばら》に拳を叩き込んだ。

大五郎は気絶した。

「おのれ……」

浪人が立ち上がり、半兵衛に斬り付けた。

半兵衛は片膝立ちになり、刀を横薙《よこな》ぎに一閃した。

浪人は、脇腹《わきばら》を斬られて倒れた。

大柄な中年男が慌てて立ち上がり、次の間から二人の子分が入って来た。

半兵衛は、おしまを後ろ手に庇《かば》って刀を構えた。

呼子笛が鳴り響き、庭先から半次、音次郎、幸吉、雲海坊、勇次が雪崩《なだ》れ込んで来た。

大柄な中年男と二人の子分は、取り囲まれて逃げ惑った。

半次、音次郎、幸吉、雲海坊、勇次は、大柄な中年男と二人の子分を容赦なく殴り蹴り、叩きのめした。

生半可な手心は怪我の元、命取りにもなる。

怒号と悲鳴と血が飛び交った。

半兵衛は、厳しい面持ちで見守った。

おしまは、気絶をしている大五郎に近づいた。そして、帯の間に隠し持っていた匕首《あいくち》を抜き、気絶している大五郎に振り翳《かざ》した。

振り翳された匕首は、激しく震えた。

おしまは、気絶している大五郎を憎悪に燃える眼で睨み付け、震える匕首を振り下ろそうとした。だが、匕首は激しく震えて上下を繰り返した。

おしまは顔を歪め、涙を零《こぼ》した。

涙は、大五郎に匕首を突き刺す事の出来ない己が情けなく、悔しく、哀しいからだった。

おしまは、匕首を降ろした。

「それで良い……」

半兵衛は、おしまの手から匕首を取った。

「旦那……」

おしまは、哀しげに半兵衛を見た。

「おしま、盗賊閻魔の大五郎には、お上から磔《はりつけ》獄門《ごくもん》の仕置《しおき》が下される。立派に恨みを晴らしたな」

半兵衛は誉めた。

「は、はい……」

おしまは泣き崩れた。

半兵衛は微笑んだ。

大柄な中年男と二人の子分はお縄を打たれ、幸吉と雲海坊に引き立てられた。

半次、音次郎、勇次は、気絶している閻魔の大五郎に縄を打ち、脇腹を斬られて倒れている浪人を運び出した。

半兵衛は、泣き崩れたおしまを見守り続けた。


上方を荒らし廻っていた盗賊閻魔の大五郎は、四人の子分と共に江戸でお縄になった。

北町奉行所吟味方与力の大久保忠左衛門は、上方を荒らす盗賊を捕らえたのを喜んだ。

半兵衛は、閻魔の大五郎召し捕りの経緯を忠左衛門に告げた。

「ならば半兵衛、閻魔の大五郎召し捕り、そのおしまなる女掏摸がいなければ出来なかったのか……」

忠左衛門は白髪眉をひそめた。

「左様にございます」

半兵衛は深く頷いた。

「ううむ……」

忠左衛門は迷い躊躇《ためら》った。

「大久保さま、おしまには二度と掏摸は働かぬと約束させます」

半兵衛は、厳しい面持ちで告げた。

「分かった。今度ばかりは眼を瞑《つむ》ろう」

忠左衛門は、苦しげに決めた。

「ははっ。ありがたき幸せ……」

半兵衛は、忠左衛門に頭を下げて早々《そうそう》に用部屋を後にした。

盗賊閻魔の大五郎と一味の者は死罪《しざい》、喜多八は故買の罪で遠島《えんとう》となった。そして、盗品と知って買おうとした呉服屋『越前屋』隠居の宗琳は、百日の手鎖《てぐさり》の裁きが下った。

半兵衛は、おしまに二度と掏摸を働かないと約束させ、浪人の黒井清十郎と共に無罪放免とした。

「良いんですかい……」

半次は苦笑した。

「ああ。世の中には私たちが知らん顔をした方が良い事がある。それに、おしまは掏摸から足を洗うと約束したからね」

「信用出来ますかね」

音次郎は首を捻った。

「音次郎、私たちは咎人《とがにん》を捕らえるのが役目だが、咎人を作らないようにするのも役目。もし裏切られた時は、己の人を見る眼のなさを恥じ、責めを取るだけだ……」

半兵衛は、屈託《くったく》なく笑った。

この作品は双葉文庫のために書き下ろされました。

双葉文庫

ふ-16-47

新・知《しんし》らぬが半兵衛手控帖《はんべえてびかえちょう》

片《かた》えくぼ

2018年6月17日　第1刷発行

【著者】
藤井邦夫《ふじいくにお》
©Kunio Fujii 2018
【発行者】
稲垣潔

【発行所】
株式会社双葉社
〒162-8540 東京都新宿区東五軒町3番28号
［電話］03-5261-4818(営業)　03-5261-4833(編集)
www.futabasha.co.jp
(双葉社の書籍・コミックが買えます)

【印刷所】
中央精版印刷株式会社

【製本所】
中央精版印刷株式会社

【表紙・扉絵】南伸坊
【フォーマット・デザイン】日下潤一
【フォーマットデジタル印字】飯塚隆士

落丁・乱丁の場合は送料双葉社負担でお取り替えいたします。
「製作部」宛にお送りください。
ただし、古書店で購入したものについてはお取り替えできません。
［電話］03-5261-4822(製作部)

定価はカバーに表示してあります。
本書のコピー、スキャン、デジタル化等の無断複製・転載は
著作権法上での例外を除き禁じられています。
本書を代行業者等の第三者に依頼してスキャンやデジタル化することは、
たとえ個人や家庭内での利用でも著作権法違反です。

ISBN978-4-575-66891-9 C0193
Printed in Japan